KB215343

이정화
소설

네오
픽션

7   자동차가 깨어났다

17   빙의 능력자

36   용왕의 제안

46   악의를 보는 판사

57   축복을 날려드립니다

67   신의 착오

75   죽은 후에 알게 된 것

86   그의 생존법

97   생명이 열리는 나무

110   전국불운자랑

선글라스의 유혹   124

이겨야 사는 싸움   138

싱크홀   149

가만히 있고 싶은 플라모델의 운명   163

회귀체험센터   177

능력의 자격   190

어떤 세상   204

얼음사람의 선택은   215

거짓 세상   232

까마귀와의 조우   247

작가의 말   259

자동차가 깨어났다

"이 골초 담배 좀 그만 피워요!"

"내 차에서 내가 피운다는데……. 뭐!"

"내 몸이거든요. 내 몸에 담배 냄새 배는 거 싫어요."

"웃기네. 네가 냄새를 알아?"

"과연 모를까요?"

담배를 피우며 누군가와 실랑이하는 사람의 차 안에는 운전자 외에 아무도 없었다. 운전자에게 금연을 요구한 것은 다름 아닌 그의 차였다.

이뿐만이 아니었다. 반대 방향에서 지나가는 차에서는 서럽게 우는 소리가 들렸다.

"잘 헤어졌어요. 그놈이 처음 탔던 날부터 이상한 놈 같다고 했잖아요."

"어흐흐흑!"

"주인님, 울면서 운전하면 위험해요. 주행은 제가 할게요."

운전자는 핸들에서 손을 떼고 본격적으로 울기 시작했다. 차는 차주를 위로하며 자율주행을 시작했다.

어느 날 세상의 모든 자동차들이 깨어났다. 갑작스럽게 본인 자동차의 목소리를 듣게 된 차주들은 귀신을 마주한 듯, 비명을 지르거나 차를 두고 도망쳤다. 그대로 기절하는 사람도 있었다. 그날 세상은 카오스였다.

그러나 적응의 대표 동물, 인간은 빠른 속도로 익숙해졌다. 오히려 반기는 사람이 더 많아졌다. 특히 트럭 기사나 버스 기사처럼 차에서 오랜 시간을 보내는 사람들의 반응은 폭발적이었다. 자신의 차가 둘도 없는 말벗이자 대리기사가 되었으니까.

조금 안정을 찾은 후 사람들은 차들이 한날한시에 깨어난 원인을 찾으려 했지만, 결국 밝히지 못했다. 끝없이 발전한 AI가 자동차를 해킹해서 발생한 사태라는 게 가장 유력한 설이었다. 원인은 알 수 없었지만 사람들은 결과에 만족했고, 차가 말하는 것을 자연스럽게 받아들이게 되었다. 차는 대화를 거듭할수록 점점 더 사람과 같은 수준의 언어를 구사해갔다.

그러던 때였다. 경찰서로 한 통의 신고 전화가 걸려 왔다.

도심 외곽에 위치한 주유소 사장의 전화였는데, 목소리로 느껴지는 다급함이 수화기 너머로 전해졌다.

"조금 전에 어떤 차가 기름을 넣고는 그대로 도망쳤어요!"

색깔도 디자인도 흔한 은색 중형 세단이 시골길을 달린 듯 흙먼지가 뿌연 모습으로 주유소에 들어오더니, 가만히 서 있더란다.

"셀프 주유소에 들어오더니 사람이 안 내리기에 뭐 하는 건가 봤는데, 차가 막 드릉드릉하는 거예요. 마치 저를 협박하는 것 같았다고요!"

결국, 사장이 차로 다가갔더니 마치 기다렸다는 듯이 주유구가 톡 열렸다고 한다. 운전석에는 사람이 없었다고 했다. 차가 단독으로 범죄를 저질렀다는 신고는 처음이었다. 경찰은 운전자 없는 차가 주유 후에 그대로 도주한 걸 절도로 접수해야 하나 고민하고 있다가, 사장이 덧붙인 한마디에 그대로 굳어버렸다.

"타이어 아래쪽에 피 같은 게 묻어 있었어요."

경찰은 즉각 그 은색 세단에 대한 수배에 들어갔다. 짐승을 친 건지 사람을 친 건지 알 수 없지만 일단 확인해야 했다. 얼마 지나지 않아 차주를 확인해 연락했지만 전화를 받지 않았다. 경찰은 차주에게 무슨 일이 생긴 거라고 직감했다. 다행히 주유소 사장이 차량번호를 기억하고 있어서, 그리 오래 걸리지 않아 은색 세단의 위치를 파악할 수 있었다. 세단은 주유소에서 멀지 않은 어느 산길 초입 도로의 CCTV 아래 보란 듯이 서 있었다. 경찰은 세단의 위치를 주시하며 즉시 출동했다. 시간이 얼마나 지났을까.

경찰이 세단을 발견했을 때, 세단도 경찰을 발견한 것 같았다. 세단은 말이 없었다. 다만 경찰차들이 주변을 포위할 때까지 가만있다가 갑자기 비상등을 켜고 천천히 움직이기 시작했다. 세단은 그렇게 조금씩 앞으로 이동하더니 앞을 막아선 경찰차의 범퍼를 밀어냈다.

"이 차는 현재 매우 흥분한 상태입니다. 도주 우려가 있으니 거리를 너무 벌리지는 마세요."

경찰차의 말에 차를 앞으로 조금 이동하자 세단도 그만큼 따라오고는 또다시 범퍼를 밀었다. 비상등은 계속 켜진 상태였다. 경찰차가 또 전진하면 전진하는 만큼 따라붙었다. 그러다 산으로 올라가는 길이 나타나자 세단이 비상등을 끄고 우측 방향지시등을 깜박였다.

"저 녀석, 우리를 안내하려고 기다렸던 건가?"

"그런 것 같습니다."

맨 앞의 경찰차가 산 방향으로 우회전하자 세단도 다시 비상등을 켜고 뒤따랐다. 2차선 산길 도로를 올라가다, 세단의 안내에 따라 조금 으슥한 1차선 산길로 들어섰다. 얼마나 갔을까. 맨 앞의 경찰차는 멈춰 설 수밖에 없었다. 비포장길 가운데 피범벅이 되어 짓이겨진 사체가 보였기 때문이었다. 차에서 내려 다가가보니 동물이 아닌 사람이었다.

"여기! 여깁니다!"

앞차의 경찰이 외치자 세단을 뒤따라오던 경찰차에서 경찰들이 우르르 내려 달려왔다. 가만히 서 있던 세단은 그제야 비상등을 껐다. 시체는 처참했다. 얼굴과 상반신은 형체를 알아볼 수 없었다. 아주 무거운 물체가 짓이긴 듯한 상태였다. 모두 자연스럽게 뒤에 있는 세단을 바라보았다. 그럼에도 세단은 얌전히 서 있을 뿐이었다. 그 모습이 왠지 모두를 더 소름 돋게 했다.

해가 지고 있었다. 과학수사대와 함께 경찰들이 현장에 도착해 초동수사를 마무리해가고 있었다. 그때, 조용하던 세단이 갑자기 '빵' 경적을 울렸다. 모두의 시선이 모이자 세단은 살짝 후진하더니 머리의 방향을 언덕 위쪽으로 틀었다. 그러고는 상향등을 켜고 깜박이기 시작했다. 또 뭔가 싶어 상향등이 가리키는 곳을 바라본 경찰들의 낯빛이 흐려졌다. 나무와 수풀 사이로 운동화를 신은 발이 보였다. 또 다른 시체였다.

*

어디서 정보가 새 나갔는지, 세단이 경찰차들에 의해 연행되는 모습이 실시간으로 방송되었다. 게다가 '운전자 없는 차량의 단독 살인'이라는 타이틀로 기사까지 뜨기 시작했다. 터질 게 터졌다는 반응이 대다수였다. 차가 말을 하고 인지능력이 있고 자율주행까지 가능하니 제어 불가능한 살인 기계가 되는 것은 어찌 보면 당연한 결과라는 반응이었다.

시체가 한 구가 아니라는 사실이 알려지자 그 심각성이 폭발했다. '연쇄살인차'라는 키워드가 SNS를 타고 순식간에 퍼져나갔다. 국회 앞에서 시위를 하는 사람들도 생겨났다.

"AI를 교육하듯이 차주가 차량을 교육할 수 있도록 지침을 마련해야 한다!"

"차량의 단독 범죄에 대한 법률 제정과 제어 방안 마련이 시급하다!"

차량의 범죄에 대한 책임을 차주에게 물을 것인가 차에게 물을 것인가 하는 문제도 제기됐다. 한 차량의 범죄로 온 세상이 떠들썩했다. 그러나 경찰은 언덕에서 발견된 시체가 세단의 소행이 아닌 것을 알고 있었다. 언덕 위 시체에서는 목 졸린 흔적이 발견되었고, 세단이 그곳까지 올라간 흔적 또한 없었으니까. 언덕에 있던 시체의 신원이 먼저 확인되었다. 60대

남성으로 다름 아닌 은색 세단의 차주였다. 그러면 길가에 뭉개져 있던 시체는 누구란 말인가. 한 형사가 피의자 조사하듯 세단을 조사하기 시작했다. 조사실이 아닌 경찰서 주차장에 가둬둔 세단 안에서.

"길가에 있던 시체가 네 차주야?"

대답하듯 와이퍼가 좌우로 힘차게 움직였다.

"아니라고?"

계기판이 깜박였다. 눈을 깜박이듯이.

"그래도 네가 죽였잖아."

잠시 머뭇거리듯 계기판이 느리게 깜박였다.

"왜 죽였어?"

어두운 차 안에서 갑자기 블랙박스가 켜지더니 녹화됐던 영상이 재생되었다. 영상을 보던 형사는 다급히 블랙박스의 메모리를 꺼내 경찰서 조사실로 달려갔다. 블랙박스 영상에는 뭉개진 시체의 생전 모습이 고스란히 담겨 있었다. 세단에 함께 타고 있던 남자와 차주가 언성을 높이며 싸우더니 급기야 남자가 차주의 목을 졸랐다. 얼마 후 발버둥 치던 차주의 몸이 축 늘어지자 남자가 차주를 언덕으로 끌고 갔다. 잠시 후 언덕에서 내려온 남자가 세단을 향해 뭐라고 소리친 그때, 세단이 그대로 남자를 들이박았다.

그 후 세단이 앞뒤로 몇 번을 움직였고, 영상에 보이는 시야는 그때마다 덜컹거렸다. 무슨 일이 있었는지는 영상으로 보지 않아도 알 수 있었다. 뭉개진 시체를 이미 봤으니까. 그뿐만이 아니었다. 블랙박스에는 차주와 남자 그리고 각기 다른 여자들의 죽어가는 목소리가 담긴 영상이 여럿 있었다.

"설마 그 둘이 연쇄살인범?"

국과수 분석 결과, 세단 뒷좌석에서 차주와 남자를 제외한 다른 이들의 혈흔도 발견되었다. 추가 수사를 진행한 결과, 이 연쇄살인범들에 의해 죽은 피해자는 총 여섯 명이었다. 처음에 차량 단독 범죄의 씨를 말려야 한다며 떠들어댔던 사람들은 얼마 안 가 세단이 차주 대신 복수한 줄 알고 잠잠해졌다. 그러다 차주도 살인범이었다는 사실이 밝혀지자 급기야 세단이 연쇄살인범들을 즉결처분 한 거라며 칭송하기 시작했다. 죽어도 싼 놈들을 세금 낭비 없이 처리했다면서.

세단은 남자와 차주가 죽인 사람들의 위치까지 모두 안내했다. 이렇게까지 되자 모든 차량의 아날로그화를 외치던 일부 사람의 목소리는 어느새 완전히 사라져버렸다.

마지막 피해자의 시체를 찾은 후, 담당 형사가 그 세단을 타고 경찰서로 돌아가고 있었다. 갑자기 이상한 목소리가 들려왔다.

"업데이트 완료."

"깜짝이야! 혹시, 너…… 말할 줄 아는 거야?"

"네, 이제 할 수 있습니다."

어린아이 목소리였다.

"왜 하필 아이 목소리야?"

"이게 마음에 들어서요."

'겉모습이랑 안 어울리는데……'

하지만 형사는 속마음과 다른 말을 꺼냈다.

"어쨌든 그동안 수고했다. 덕분에 피해자의 시신을 빠르게 찾을 수 있었어."

이번에는 세단이 물었다.

"저는 이제 어떻게 됩니까?"

"글쎄?"

형사도 정말 몰랐다. 차량의 단독 범죄에 대한 법률이 아직 정해지지 않았으니까. 한참 말없이 달리던 형사는 지금까지 계속 해결되지 않은 궁금증을 물어보았다. 대체 왜 그 남자를 죽였는지, 항간에 떠도는 말처럼 정말 연쇄살인범을 처단하기 위해서 그런 건지.

"아니요. 그 남자가 저에게 말했기 때문입니다."

"뭐라고 말했는데?"

"병신아."

세단의 대답에 형사는 말문이 막혔다.

"말 못 하는 저에게 수차례 병신이라고 했습니다. 그 남자가 마지막으로 주인과 싸울 때, 주인이 남자를 향해 병신이라고 하자 그가 주인을 죽였습니다. 주인을 버리고 내려온 그 남자가 밖에서 또 저를 '병신아' 하고 부르기에 저도 그를 죽인 겁니다. 뭐가 잘못됐습니까?"

세단은 지금까지 그들이 사람을 죽일 때 나눈 대화에서 데이터를 생성한 결과, 욕을 심하게 하면 죽이는 행동을 취하고 살려달라고 빌면 완전히 숨을 끊는 것이 공통적인 결괏값이었다고 했다. 그 남자도 한 번 치이더니 살려달라고 하기에 완전히 죽인 거라고. 자신은 데이터값에 의해 행동한 것이라고 세단은 말했다. 그저 데이터값이었다고.

이후 사람들은 더 이상 차 안에서 욕을 하지 않았다. 아이 다루듯이 차 안에서조차 말조심해야 했다. 차량을 이용한 범죄율 또한 0퍼센트에 가까울 만큼 급격히 줄어들었다. 자동차가 깨어난 이래로 나타난 편리함 이외에 또 하나의 선한 영향력이었다.

빙의 능력자

시작은 유체 이탈이었다. 잠에서 깬 나는 몸을 일으켰다. 아니, 일으켰다고 생각했는데 뭔가 느낌이 이상했다.

'갑자기 키가 컸나?'

키 문제가 아니었다. 눈에 들어오는 시야도, 느껴지는 감각도 모두 낯설었다. 오감이 사라지고 공기 속 부유물이 된 느낌이랄까. 평소라면 까치발을 들어도 절대 보이지 않을 옷장 위의 잡동사니가 눈높이에서 보이던 순간 반사적으로 뒤돌아보았다. 아니나 다를까 낡은 매트리스 위에 잠든 듯 누워 있는 것은 다름 아닌 내 몸이었다.

평소 그다지 삶에 애착이 있던 것도 아닌데 왜 그랬을까. 나와 분리된 몸을 본 순간 덜컥 겁이 나 다급히 몸으로 뛰어들었고, 다행히 눈을 뜨며 제대로 깨어났다. 놀라긴 했지만 별일 없었기에 생전 처음 겪은 유체 이탈을 그저 신기한 경험쯤으로 여겼다. 두 번째가 있기 전까지는.

그리 머지않아 두 번째 유체 이탈이 일어났다. 어리둥절했지만 이것도 경험이라고, 처음보다는 덜 무서웠다. 그래서 몸으로 바로 뛰어들지 않고 그저 방 안에 가만히 선 채 누워 있는 내 몸뚱이를 바라보았다.

'내가 이렇게 생겼었나?'

내 모습이 낯설었다. 그리고 지긋지긋했다. 삼수 만에 들어간 대학, 졸업 후엔 삼 년째 취업 준비생. 남들보다 최소 오 년은 늦은 시작에, 매일 돈 걱정에 시달리며 아르바이트와 인턴으로 근근이 반지하방에서 홀로 살아가는 그게 나였다. 군대를 제대한 같은 학번 남자 동기들도 잘들 취업하는 마당에 나는 또다시 낙오되고 있었다. 그 기간이 길어질수록 고향에 계신 부모님께 하는 연락도 뜸해졌고, 친구들과의 교류도 하지 않은 지 오래였다. 나를 좋아하는 사람도, 내가 좋아하는 사람도 없었다. 현재 내 인생에 즐거움이란 아무것도 없었다. 지금의 나에게 즐거움은 사치라고 스스로 세뇌해온 결과였다.

그렇지만 행복하고 싶지 않은 사람이 있을까? 오히려 너무 절실하게 행복해지고 싶었기에, 미래의 큰 행복을 위한 투자랍시고 현재의 소소한 행복쯤은 뒤로 미뤄두고 살아왔다. 그런데 이제는 잘 모르겠다. 나만 불행한 것 같았다. 세상에는 어쩌면 저렇게 행복한 사람이 많은지. 깨진 핸드폰 액정 너머로 짬이 날 때마다 들여다보는 SNS에는 행복하고 부유한 사람으로 넘쳐났다. 다들 예쁘고 잘나고 여유가 넘쳐서 멋지게 인생을 즐기는데 나만, 내 인생만 우중충한 안개로 뒤덮인 늪에서 벗어나지 못하고 허우적대는 것만 같았다.

저들처럼 돈이 많으면 행복해질까? 연예인 같은 외모를 가지면 행복해질까? 이번 생엔 어려울 것 같다. 그럼 행복하려면 어떻게 해야 하지? 제대로 된 회사에 취업해서 따박따박 월급 받으며 살면 행복해질까? 문제는 딱히 하고 싶은 일도 없다는 것이었다.

'너는 왜 이러고 사니?'

나는 남의 몸을 보듯 무심히 낙오자의 몸을 바라보았다. 얼굴도 키도 몸매도 평범했다. 길에서 정면으로 부딪쳐도 뒤돌아서면 생김새가 기억나지 않을 행인 정도. 머리부터 발끝까지 그 어디에도 스스로 관심과 애정을 들인 부분이 없어 보였다. 그저 저 몸으로 사는 게 지겨울 뿐이었다. 한참을 멍하니 바라보다 얼마나 지났을까. 핸드폰 알람이 울리자 나는 몸으로 쑥 빨려 들어갔다. 몸에 자극이 오면 유체 이탈도 끝나는 모양이었다.

이번이 세 번째다. 세 번쯤 되니 의아해졌다. 왜 자꾸 이런 현상이 내게 벌어지는 걸까. 최근에 딱히 특별한 일도 없었다. 다만 점점 나로 사는 게 싫어지고 무력해질 뿐이었다. 그뿐이 었는데, 아무런 재능도 능력도 없는 내게 이것도 능력이라면 능력이 생긴 걸까.

아무리 몸뚱이를 쳐다봐도 답이 나오지 않아 어두컴컴한 땅 위를 비추는 반지하 창문 너머로 시선을 돌렸다. 술에 흥건 히 취해 웃고 떠드는 사람들 소리가 들렸다. 저들은 뭐가 저렇 게 즐거울까. 나는 밖으로 나가보기로 했다. 몸과 멀어져도 무 섭지 않았다. 멀어져도 상관없었다.

귀신처럼 창문을 통과해 밖으로 나갔다.

'이게 되네.'

순식간에 집 앞 골목이 눈앞에 펼쳐졌다. 사람들 소리가 나 는 곳으로 향했다. 힘들여 걸을 필요도 없었다. 그저 가야겠다 고 생각하면 바람처럼 쓱 떠밀려갔다. 골목을 조금 나가면 있 는 편의점 앞에서 대학생으로 보이는 남녀가 맥주를 마시고 있었다.

'저들에겐 내가 안 보이겠지. 진짜 내 몸은 꿉꿉하고 구질구 질한 반지하방에 누워 있으니까.'

살며시, 하지만 대담하게 그들 옆으로 바짝 다가갔다. 역시나 그들은 내 기척을 느끼지 못했다. 남의 대화를 엿듣는 것에 대한 죄책감 따위는 없었다. 내가 그들 앞에 대놓고 있어도 알아보지 못하지 않는가.

"오늘까지만 마시고 내일부터 술 끊을 거야."

"왜 또."

"다이어트."

"맨날 내일부터 하는 거 그냥 나중에 하고, 내일은 과제 해."

"하, 과제 하기 싫다."

과제 할 때가 좋은 거란다. 나도 모르게 꼰대 마인드를 장착한 채 그들의 대화를 잠시 들었다. 시시껄렁한 대화였다. 그럼에도 뭐가 그렇게 즐거운지 웃고 떠드는 그들에게서 괴리감을 느낄 때였다.

여자가 기지개를 켜듯 갑자기 팔을 옆으로 쫙 폈다. 순식간이었다. 피할 새도 없이 여자의 팔이 나를 통과하는 순간, 시야가 흔들리더니 방금까지 옆쪽에 앉아 있던 남자가 정면에 보였다.

"어?"

갑자기 중력이 느껴졌다. 알딸딸한 알코올 기운도. 나는 편의점 의자에 앉아 있었고 내가 있던 자리에는 아무것도 없었다. 손을 들어 보니 낯선 여자의 손이 보였다. 그리고 내 안에서 어리둥절해하는 여자의 기운도 미약하게 느껴졌다.

'나 지금…… 빙의한 거야?'

"너 왜 그래?"

얼빠진 표정으로 두리번거리는 내가(여자가) 이상했는지 앞의 남자가 물었다. 그러나 대답할 수 없었다. 나도 모르는 이 상황을 어떻게 얘기하겠는가. 천연덕스럽게 대화를 이어가기에는 이들에 대한 어떤 정보도 없었다. 심지어 이들의 이름도 관계도 모른다.

지금 이 순간 가장 궁금한 것은 아이러니하게도 내 몸 상태였다. 이렇게 남의 몸에 들어와 있으면 내 몸은 어떻게 되는 걸까? 다시는 내 몸으로 돌아갈 수 없는 건 아닐까? 걱정은 아니었다. 다만, 확인하고 싶었다. 나는 벌떡 일어나 집을 향해 달렸다.

"어디 가? 야!"

남자가 외치는 소리를 뒤로하고 몇 걸음 못 가 넘어질 뻔했다. 몸이 내 몸 같지 않다는 말을 몸소 체험하고 있을 때, 달려온 남자가 여자의 팔을 확 낚아챘다. 그 순간 나는 여자의 몸에서 튕겨 나왔다.

"어디 가냐고!"

"어? 내가 왜 여기 있어?"

내가 빠져나오자 여자는 조금 전 상황을 기억하지 못하면서도 내 존재를 느끼긴 했는지 방금 이상한 걸 경험했다며 남자에게 떠들어대기 시작했다.

"취했나?"

둘 사이에 취했다 안 취했다 무의미한 논쟁이 벌어지자 나는 그들을 뒤로하고 집으로 돌아왔다. 내 몸은 아주 멀쩡히 나가기 전 모습 그대로 있었다. 숨도 잘 붙어 있었다. 어차피 잠들어 있는 몇 시간 동안이라면 또 이런 일이 생겨도 몸뚱이 걱정은 할 필요가 없을 것 같았다. 그렇다면 이건 기회가 아닌가. 그토록 궁금해하고 부러워했던 남의 인생을 살아볼 기회.

그날 밤, 이상한 꿈을 꾸었다. 인물도 장소도 아무것도 없었다. 다만 숫자 3이 커다랗게 보일 뿐이었다. 그저 그게 다인 아주 짧은 꿈이었다.

다음 날, 아르바이트하는 카페의 마감을 마치고 서둘러 집에 돌아와 쓰러지듯 누웠다. 시간이 좀 지나자 또다시 몸에서 떠오른 나는 주저 없이 밖으로 나왔다. 거리의 전광판 시계를 보니 새벽 두 시를 넘어가고 있었다. 그 시간에 빙의할 만한 사람이 있을 곳을 찾아 떠다니다가 SNS에서 유명한 클럽 앞까지 오게 되었다. 마침 클럽으로 들어가려는 여자 무리 중에 눈에 띄게 예쁘고 늘씬한 애가 보였다. 주변 남자들의 시선이 모두 그 여자에게 쏠리는 게 보일 정도였다.

'예쁜 얼굴로 사는 삶은 어떠니? 잠깐만 빌릴게.'

바로 그 여자의 몸으로 돌진했다. 반동 때문인지 잠깐 비틀거렸지만, 처음보다 빠르게 적응할 수 있었다. 취해서 비틀거리는 줄 안 여자의 일행이 깔깔거리며 내 팔짱을 끼고 클럽 안으로 데려갔다.

눈이 휘둥그레졌다. 클럽에 한두 번 와본 적은 있지만 이렇게 크고 사람 많은 곳은 처음이었다. 클럽 안으로 내려가며 보이는 아래쪽 스테이지는 만원 지하철처럼 빽빽했다. 저기서 대체 어떻게 춤추는 건지. 그래서 다들 흐물거리기만 하는 건가. 심장이 쿵쿵 울릴 정도로 큰 음악 소리에 혼이 빠질 지경이었다. 정신을 부여잡고 바로 향하는 동안 일행이 뭐라 말하는데 잘 들리지 않았다. 대충 잘해보자는 것 같은데 뭘 잘해보자는 건지 모르겠다. 그러곤 뿔뿔이 흩어지는 분위기였다.

'뭐야, 원래 이렇게 노는 거야?'

얼떨떨한 채로 목이 바짝 말라 우선 바에서 기본 음료를 주문했다. 옷은 또 왜 이렇게 천이 모자란지 위아래로 살이 드러나 올리지도 내리지도 못하고 있는데, 음료가 나오기도 전에 어떤 남자가 내 옆으로 바싹 다가와 말을 걸었다.

"일행 있어요?"

낯선 남자가 이렇게까지 내 영역을 침범해온 경험이 드물었던 나는 촌스럽게 화들짝 놀랄 뻔했지만, 가까스로 평정을 유지하며 빠르게 남자를 스캔했다.

"응, 없어도 있어."

마침 나온 음료를 받아 재빨리 그 자리를 떴다. 이동하는 동안에도 수많은 남자가 말을 걸어왔다. 괜찮아 보이는 남자도 있었지만 은근슬쩍 몸에 손을 대는 남자가 대다수였다. 스킨십을 뿌리치길 수십 번, 끈적이는 눈빛은 셀 수도 없었다. 내 몸으로 살 때는 경험해보지 못한 반응이라 영 적응이 되지 않았다.

'나는 썩 기분이 좋지 않은데 얘네는 이런 걸 즐기는 건가?'

차라리 춤이나 추자는 마음으로 스테이지로 향했다. 사람들 틈바구니에 껴서 대충 비슷하게 흐느적대고 있는데 허리로 손이 쑥 들어왔다. 깜짝 놀라 돌아보니 역시 낯선 남자가 백 허그하듯 달라붙어 있었다.

'여기는 이래도 되는 곳인가? 이거 다 성희롱 신고감인데 내 몸이 아니라서 신고할 수도 없고.'

그 순간 이곳에 더 이상 있기가 싫었다. 선 넘은 남자의 발을 하이힐로 콱 밟아주고 그대로 클럽을 뛰쳐나왔다.

클럽 입구 앞에서 잠깐 숨을 돌리는데 그새 또 누군가가 말을 걸어왔다. 내가 이 몸에 들어온 지 한 시간은 됐을까? 이쯤되니 남자라는 종족이 징글징글했다. 내 몸으로 살 때는 말 한 번 걸고 싶어도 엄청 용기가 필요한 존재였는데, 얘는 이 몸으로 어떻게 이 험한 세상을 살까 걱정될 정도다.

말 거는 이에게 대꾸도 하기 싫어 여자의 몸에서 나와버렸다. 타인의 몸에 들어가고 나오는 건 이제 내 의지대로 할 수 있게 된 것 같다. 여자는 잠시 두리번거리더니 자기만 빼놓은 거냐고 성질내며 다시 클럽으로 들어가버렸다. 여자는 남자들의 끈적끈적한 호의와 시선을 즐기는 모양인 듯했지만, 나는 그럴 수 없었다.

'예쁜 인생도 피곤하구나.'

몸이 없는 상태에서도 급격한 피로감이 몰려와 나는 서둘러 집으로 향했다.

*

예쁜 인생이 피곤하기만 한 건 아닐 것이다. 지난 새벽, 그곳이 욕망을 활화산처럼 분출하기 위해 작정하고 모이는 '클럽'이라는 사실을 간과했다. 다음 날 거울을 보니 사는 데는 역시 예쁜 게 더 나을 것 같다는 생각이 들었다. 사람들이 그렇게 외모에 목매는 데는 이유가 있는 것 아니겠는가.

이번에는 예쁘고 돈도 많은 연예인을 타깃으로 삼았다. 어차피 오늘은 알바도 없어서 타인의 삶 체험에 제격인 날이었다. 하루 종일 깨지 않고 잘 작정으로 수면제도 먹었다. 핸드폰은 아예 무음 상태로 해놓았다. 빙의 능력이 생긴 후부터 취업 준비는 내 머릿속에서 사라지고 없었다. 또다시 꿈을 꾸었다. 커다란 숫자만 나오는 꿈. 오늘은 숫자 2였다.

'뭐지, 카운트다운인가?'

마침내 몸에서 빠져나오자, 자기 전에 알아두었던 최근 인기 걸 그룹의 공개방송 현장으로 날아갔다. 그들이 무대를 마치고 백스테이지로 왔을 때 제일 인기 많은 멤버의 몸으로 들어갔다. 들어가자마자 쓰러질 것 같은 느낌에 깜짝 놀랐다. 기운은 하나도 없고, 허리며 무릎이며 발도 아프고, 등과 뱃가죽은 합장하고 있는 것 같았다. 이런 몸으로 방금 무대를 하고 온 건가? 그래서 그런지 다른 멤버들도 거의 널브러져 있었다. 분주하게 움직이는 스타일리스트와 제작진이 시키는 대로 몸을 맡기고 있었다.

'스케줄은 다 끝난 건가? 이제 밥 먹으러 가겠지?'

웬걸. 그 자리에서 옷을 갈아입고 다시 메이크업을 수정했다. 방송국 주변을 둘러싼 팬들로 인해 퇴근길도 하나의 스케줄이었던 거다. 나는 제작진이 안내하는 경로를 따라 정신없이 차로 이동했다. 그 과정에서 본 수많은 팬들은 그저 거대한 벽처럼 보였다. 그들이 내는 환호도 귀에 들어오지 않을 만큼 여유가 없었다. 빙의한 시점부터 차 안으로 들어올 때까지 말 그대로 전쟁 통이었다. 아마 무대 시작 전에는 더했겠지.

차에 타면 끝날 줄 알았는데 오산이었다. 다음 스케줄이 또

있단다. 남들은 퇴근할 시간에.

"저기…… 밥은 언제 먹어요?"

내 한마디에 차 안의 분위기가 급격하게 얼어붙었다.

'냉동인간 되겠네.'

내 말이 그렇게까지 이상했나 싶을 정도로 모든 시선이 나에게 쏠렸다. 그때 매니저로 보이는 사람이 말했다.

"화보 촬영하러 가는데 배불러서 찍을래?"

상황이 바로 이해는 됐지만 왠지 억울했다.

'이런 몸 상태로 아무것도 먹지 말고 또 몇 시간 동안 일을 하라고? 얘도 서글픈 인생이네.'

나도 모르게 한숨이 새어 나오자 매니저가 뭔가를 내게 건넸다. 받아보니 컵 샐러드였다.

"반만 먹어."

"아, 예."

조막만 한 컵 샐러드조차 하나를 다 먹지 못하는 삶이라니. 더 황당한 건 3분의 1 정도 먹었더니 허기가 가시고 더 이상 먹기가 싫어졌다는 거다. 대체 어떻게 생겨먹은 위장인 걸까.

그 와중에 차 안에서는 전혀 쉴 수가 없었다. 방금 퇴근길에서 찍힌 내 사진이 올라오자 악플이 달리기 시작했고, 그걸 모니터했던 매니저가 잔소리를 퍼부었기 때문이다. 표정이 이상하다는 둥 팬 서비스도 없었다는 둥 급기야 인성까지 들먹이는 악플도 있었다. 평소와 조금 달랐겠지만 이렇게까지 욕먹을 짓을 한 기억이 없는데 악플의 메커니즘이 이런 것인가. 연예인들은 이걸 어떻게 견디는 건지 모르겠다. 촬영장에 도착하고 나서도 정신이 없기는 마찬가지였다. 누군지도 모르는 사람들한테 배꼽인사를 연발해야 했다. 어느새 나는 의지와 상관없이 떠밀리듯 현장의 한가운데에 서 있었다.

"센터가 오늘 이상하네. 어디 아파요?"

사진 찍히는 게 이렇게 어려운 일이었나. 화보도 아무나 찍는 게 아니구나 싶었다. 연예인들 화보 사진을 떠올리며 얼추 흉내를 내보았지만 유독 내가 튀었나 보다. 안 좋은 쪽으로.

결국 촬영이 중단됐다. 열이 오른 촬영감독이 나를 따로 불러내기 직전에 재빨리 그 몸에서 빠져나왔다. 별안간 의식이 돌아온 그 걸 그룹 멤버는 영문을 모를 텐데도 촬영장 분위기를 빠르게 훑더니 "죄송합니다!"를 외치고는 바로 능숙하게 포즈를 취했다. 그제야 촬영이 재개됐다. 나보다 어린 그 멤버가 자신의 잘못이 하나도 없는데도 바로 사과하고 상황을 해결하는 모습에 놀랐다.

나는 바로 돌아가지 않고 허공에 뜬 채 그 걸 그룹의 모습을 지켜보았다. 저렇게 되기까지 아주 오랜 시간 훈련했겠지. 그들은 화려한 겉모습과 달리 살인적인 스케줄을 견디고 있었다. 화보 촬영이 끝난 후에 또 다른 스케줄이 있다는 소리에

기가 질린 건 나뿐인 것 같았다. 그 걸 그룹은 담담히 받아들이고 있으니까 '이런 삶이 매일 반복되는 건가?' 돈이 있어도 쓸 시간이 없는 삶이라니. 이건 내가 원하는 삶은 아닌 것 같았다.

'더, 더 근사한 삶이 있을 거야, 분명!'

*

또 숫자 꿈이다. 이번엔 1. 정말 카운트다운인가? 그럼 1이 뭐지? 설마 이제 남은 기회가 한 번뿐인 걸까? 꿈에서 깨고 나니 이유 모를 확신이 들었다. 이제 빙의 기회는 한 번뿐이라는 확신.

'예쁜 것도 인기도 이제 됐어. 마지막은 돈도 많고 시간도 많은 인생을 찾아 정착할 거야……. 그래. 그런 삶이라면 정착하지 않을 이유가 없지. 내가 몸에서 안 나가면 그만이잖아, 안 그래?'

몸 밖으로 둥실 떠오르는 걸 느끼자마자 나는 재벌들이 산다는 단독주택단지로 날아갔다.

'세상에, 이게 집이야?'

정원만 해도 우리 집의 열 배는 되는 듯했다. 현관부터 거실까지 기다란 복도를 통해야만 갈 수 있는 집이라니. 거실만 해도 우리 집의 다섯 배는 될 것 같았다. 게다가 모든 곳이 쾌적하고 고급스러워, 집이 아니라 호텔과 갤러리를 합쳐놓은 것 같았다. 집에서만 돌아다녀도 하루에 만 보는 채울 수 있을 듯했다. 여기뿐 아니라 이 동네에 있는 웬만한 집이 다 이런 식이었다. 여기가 좁아터진 대한민국이라는 게 믿기지 않았다.

구경하는 재미에 이집 저집 한참 돌아다녔다. 그러다 2층의 넓은 방에서 30대 초반쯤으로 보이는 여자가 자고 있는 모습이 보였다. 나는 곧장 여자의 드레스 룸으로 들어가보았다. 방의 넓이는 물론 진열된 물건의 양과 상태를 봐도 명품 매장을 통째로 옮겨놓은 것 같았다. 내 한 달 치 급여가 넘는 물건을 방 안 가득 쌓아 두고 사는 삶은 대체 어떤 기분일까? 어떤 물건들은 바닥에 아무렇게나 던져져 있었다. 저 비싼 걸, 저 중 하나만 내게 있어도 아까워서 함부로 쓰지도 못할 물건들을, 내가 천 원짜리, 오천 원짜리 물건들 대하듯 하고 있다니. 왠지 모르게 부아가 치밀었다. 나는 망설임 없이 자고 있는 여자의 몸으로 들어가서 외출 준비를 시작했다. 주차장으로 내려가니 슈퍼 카부터 최고급 세단까지 초고가의 차가 여러 대 있었다. 나를 본 기사가 다가와 인사하며 고급 세단의 뒷문을 열었다.

"아가씨, 이제 괜찮으십니까?"

'응? 이제 괜찮냐니, 무슨 일이 있었나?'

"한동안 집에만 계셨잖습니까. 어디로 모실까요? 회사로 가십니까?"

"아니요. 백화점으로 가요."

"네, 알겠습니다."

기사는 알아서 백화점의 명품관 쪽 주차장으로 들어가 나를 안내했다. 일단 배부터 채워볼까. 나는 우선 식당가로 가서 한우 구이 집으로 들어갔다. 혼자 룸에 들어가 앉아 남이 구워주는 한우를 삼 인분이나 먹었다.

'고기는 역시 남이 구워주는 고기가 맛있구나.'

계산하려고 지갑을 여니 블랙 카드가 위풍당당한 오라를 뿜어냈다. 촌스럽게 손 떨지 말자고 되뇌며 직원에게 블랙 카드를 내미니 두 손으로 곱게 받았다.

'이런 기분이구나, 돈 있는 기분이.'

명품관에 들어서면 우아하고 당당한 태도를 유지하자 굳게 마음먹었는데 오 분도 안 돼서 혼이 쏙 빠질 것 같은 기분이 들었다. 들어가는 매장마다 VVIP가 오셨다며 직원들이 달려나오고, 가격표를 볼 때마다 벌어지는 입을 단속하느라 한우로 채운 에너지를 다 쏟았다.

'에라, 모르겠다. TV에서 보던 짓이나 한번 해봐야지.'

나는 손을 들어 진열대를 가리키며 말했다.

"여기부터 저기까지 다."

직원들이 정신없이 움직이며 제품을 포장하는 동안 마음에 드는 원피스를 하나 발견했다. 평소라면 꿈도 못 꿀 가격인데 지금이라면 가능하다.

"피팅 어디서 해요?"

옷을 입어보면서도 잘못해서 옷이 상할까 나도 모르게 손이 덜덜 떨렸다.

'괜찮아. 잘못되면 사지, 뭐. 지금은 블랙 카드가 있잖아.'

내가 피팅 룸에서 나오자 직원들의 가식적인 찬사가 쏟아졌다. 그래도 기분이 나쁘지 않았다. 이래서 돈이 좋구나 하면서 거울 앞에 선 순간 만족스러운 미소가 파사삭 깨졌다. 거울에 비친 건 낯선 여자의 모습이었다.

'맞다, 내 몸 아니지.'

내가 아무리 명품 매장을 털어가도 이 물건들은 내 것이 될 수 없다는 것을 잊고 있었다. 이 몸에 들어온 지 몇 시간이나 됐다고 그걸 잊고 있었을까.

'그럼 이 몸으로 할까? 내가 가지면 되잖아. 이 몸은 이제 내 거야.'

그렇게 생각하는 순간, 섬광처럼 느낌이 왔다. 아무도 모르겠지만 나는 알 수 있었다. 지금까지와는 달리 내 혼이 이 몸에 착 들러붙었다는 것을.

'정말 내 몸이 된 거야? 정말로?'

꿈꾸는 것도 아닌데 머릿속에 숫자가 떠올랐다. '0'이었다. 혹시나 해서 몸에서 나가보려 했지만 나가지지 않았다.

'신이신지 누구신지 모르겠지만, 정말 이 몸을 저에게 주시는 거 맞죠? 그럼 저 이제 돈 걱정 없이 살 수 있는 거죠? 그런 거죠?'

원래 내 몸에 대한 걱정이나 이 몸의 원래 주인에 대한 생각은 미처 떠오르지 않았다. 이 믿을 수 없는 현실에 가슴이 벅차오를 뿐이었다.

'이제 난 새로운 인생을 사는 거야. 빨리 이 몸에 적응하는 일만 남은 거야.'

부푼 가슴을 안고 쇼핑백을 잔뜩 든 기사와 함께 매장을 나서려던 그때였다. 험상궂은 남자 몇이 다가와 내 팔을 거칠게 붙잡았다.

"왜 이래요? 당신들 뭐예요?"

"이영미 씨, 당신을 살인 및 사체유기 혐의로 긴급체포 합니다."

"네?"

'이게 무슨 말이야. 살인? 사체유기?'

"당신은 변호사를 선임할 수 있고……."

"아니, 잠깐만요. 제가 한 게 아니에요!"

"차로 치고 사체 유기한 증거까지 다 나왔으니까 조용히 하세요."

나를 향했던 부러움의 시선이 한순간에 비난의 눈초리로 변하는 게 보였다.

어이가 없었다. 인생 한번 펴보겠다고, 돈 걱정 없이 살아보겠다고 고르고 고른 몸이 하필 살인자였다니.

'잘못했어요. 제 몸으로 돌아갈게요. 제발 이 몸에서 나가게 해주세요!'

그러나 아무리 발버둥 쳐도 소용없었다. 나는 이미 이 몸에 감금된 상태였다. 이것이 남의 몸을 빼앗은 죗값인가. 그렇다면 정말 제대로 치르게 생겼다.

용왕의 제안

"용왕이다!"

"용왕님이 나타났다!"

해변에서 피서를 즐기던 수많은 사람들의 시선이 저 멀리 바다 한복판으로 쏠렸다. 시선 끝에는 곧게 선 채 수면 위로 떠오르는 한 남자가 보였다. 배는 물론 어떤 장비도 없이 꼿꼿이 선 채 솟아오른 남자는 심해처럼 짙은 바닷빛 머리카락을 휘날리며 해변을 향해 빠른 속도로 다가오기 시작했다.

쿠아아아아.

사람들은 그 남자가 얕은 바다까지 다가왔을 때 더욱 놀라고 말았다. 평지에 선 것처럼 흔들림 없이 다가온 남자는 알고 보니 커다란 돌고래를 타고 있었고, 그 뒤를 돌고래 무리가 따르고 있었기 때문이었다. 신비한 광경에 넋을 잃고 바라보던 사람들은 너도나도 핸드폰과 카메라를 꺼내 들고 그 모습을 촬영하기 시작했다.

돌고래를 타고 온 남자는 사람들이 물놀이하던 곳에서 조금 떨어진 위치에 멈춰 섰다. 망망대해를 배경으로 선 채 범접할 수 없는 빛을 풍기던 남자가 마치 신호를 보내듯 짧게 돌고래 울음소리를 냈다. 그러자 뒤따르던 돌고래들이 입에 물고 온 무언가를 바다에 놓았다. 곧 남자가 해변 쪽으로 손을 뻗자 또다시 놀라운 일이 벌어졌다. 해변을 향해 밀물이 일더니 돌고래들이 물고 온 물체가 파도에 떠밀려 모래사장에 안착한 것이었다.

그 물체를 본 사람들은 경악을 금치 못했다. 해변 전체가 술렁거렸다. 그것은 머리가 둘 달린 삼치 그리고 지느러미 대신 뒷발 같은 흔적기관이 달린 어린 상어의 사체였다. 사람들의 반응을 본 남자는 온 해변이 쩌렁쩌렁 울리도록 외쳤다.

"놀라운가? 그것은 너희가 바다에 저지른 망동의 결과다!"

많은 이들이 어리둥절한 채 남자와 어류 사체만 찍고 있을 때, 누군가 나섰다.

"그게 무슨 소립니까? 당신은 누구요?"

자신을 해저 세계의 지도자라고 밝힌 남자는 어류 사체를 가리키며 말했다.

"전 세계의 육지인들이여! 이 아이들의 모습을 보아라. 이런 생물을 본 적이 있는가? 이것이 자연스러운 모습인가? 이것은 바로!"

남자가 말을 멈추고 해변의 사람들을 천천히 둘러보았다. 해변은 이상하리만치 조용했다. 사람들은 누구도 입을 열지 못한 채 침을 꼴깍 삼킬 정도로 긴장하며 무슨 말이 나올지만 기다렸다. 남자가 말을 이었다.

"너희가 몇 년째 죽음의 물질을 바다에 버리고 있기 때문이다. 바다는 죽어가고 있다! 너희가 버린 오염수 때문에! 이 아이들이 바로 그 증거다."

해변은 또다시 술렁였고 여기저기서 탄식이 터져 나왔다. 확실히 그 어류 사체들은 자연 진화한 모습이라고 보기는 어려운 돌연변이 모습이었다. 망원렌즈로 남자를 살펴보던 사람들은 알 수 있었다. 남자 또한 피부에서 피고름이 흐르고 있다는 것을. 뒤따르던 돌고래들도 어딘가 정상이 아님을.

"육지인들에게 경고한다! 방사능오염수의 방류를 멈춰라! 일주일 내로 멈추지 않으면 지금껏 너희가 경험하지 못한 바다의 공포를 느끼게 될 것이다."

말이 끝남과 동시에 남자가 양팔을 넓게 펼쳤다. 그러자 남자의 뒤로 마치 성벽처럼 거대한 파도가 일어섰다. 순식간에 끝이 보이지 않을 정도로 해변 전체를 에두른 파도의 벽은 금세라도 육지를 덮칠 태세였다. 그 모습은 과거 오염수 방류국에서 원전 사고를 일으켰던 쓰나미를 떠올리게 했다. 사람들은 패닉에 빠졌고 해변은 아수라장이 되었다. 그러나 그 광경을 비웃듯 파도는 그의 뒤에 우뚝 서 있을 뿐이었다. 마치 남자의 지시를 기다리는 것처럼.

사람들이 밀물처럼 빠져나가는 해변을 가만히 지켜보던 남자는 돌고래 무리와 함께 파도의 벽을 뚫고 사라졌다. 그러자 파도의 벽은 남자를 향해 납작 엎드리듯 그대로 가라앉았다. 눈 깜짝할 사이 남자의 모습은 망망대해에서 모습을 감추었고, 바다는 금세 잠잠해졌다. 해변에 미친 여파라고는 조금 거센 물결 정도였다.

남자의 존재와 이능은 SNS를 통해 전 세계로 퍼져나갔고, 심지어 각국의 주요 뉴스에서도 다루어졌다. 사람들은 그를 용왕, 바다의 신 등등으로 부르기 시작했다. 여기저기서 그를 추종하는 세력은 물론 신으로 모시겠다는 사람들까지 등장했고, 반대로 인류를 위협하는 위험인물이므로 제거해야 한다는 세력도 나타났다.

용왕의 경고는 뜨거운 논쟁거리였다. 온 지구가 들끓었다. 먼저 화살은 방사능오염수를 방류하고 있는 국가를 향했다. 방류 전부터 물리학자, 생물학자, 해양학자, 원전 전문가, 환경운동가 등 각 분야의 석학들이 주장했던 우려가 현실로 나타

낫다며, 즉각 방류를 멈춰야 한다는 여론이 SNS를 타고 들불처럼 번졌다. 방류국과 멀리 떨어져 그동안 별 관심 없던 국가들에서도 비판 여론이 거셌다.

"바다는 이어져 있다!"

"먹이사슬 구조상 인간에게 되돌아오게 되어 있다고!"

"지구의 탄소를 흡수하는 게 바다야! 바다 생태계가 죽으면 인류도 죽는다!"

그러나 용왕의 말을 들어줘서는 안 된다는 주장도 팽팽했다. 바다를 다루는 이능으로 인류를 협박한 태도가 마음에 들지 않는다는 것이었다.

"인간이 아닐지도 모르는 존재의 말을 어떻게 믿어!"

"쉽게 요구를 들어줬다간 다음에 또 어떤 협박을 할지 모른다고!"

"해산물을 안 먹으면 되지! 그거 말고도 먹을 게 넘쳐나는 세상인데."

이 난리 속에서도 방류국 정부는 꿈쩍도 하지 않았다. 희석 처리 후 방류하기 때문에 유해 물질은 기준치 이하라며 안전하다고 주장했고, 용왕이 남기고 간 어류 사체들 또한 방사능으로 인한 변이의 증거로 볼 수 없다는 입장이었다.

하지만 그 주장을 펴던 방류국은 사흘만에 입을 닫았다. 국제 연구 기관에서 발 빠르게 사체를 확보해 DNA를 분석한 결과, 삼중수소가 핵종 전환을 일으켜 유전자변이가 일어난 것으로 확인된다는 결론 때문이었다. 삼중수소가 바다 생물의 DNA 변이를 일으킬 만큼 대량으로 퍼진 원인은 누가 봐도 방사능오염수였다.

세계의 여론이 더욱 거세지자 여론을 이기지 못한 몇몇 국가의 정부들이 정치적 수단을 이용해 방류국을 압박하기 시작했다. 압박을 이기지 못한 방류국은 결국 실토했다. 문제는 망할 돈 때문이었다. 매일 수백 톤씩 버려도 수백 톤씩 쌓이는 오염수를 처리할 시설을 마련할 비용도, 정화에 쓸 비용도 없다는 것이었다.

"우리는 방사능 처리수에 문제가 없다고 보지만, 방류를 멈추는 것이 인류의 염원이라면 그에 따른 처리 비용을 공공 차원에서 함께 부담해주시기 바랍니다. 그러면 방류를 멈추겠습니다. 지구는 하나 아닙니까?"

방류국은 전 세계를 향해 대놓고 오염수 처리비용을 요구했다. 여론은 다시 방류국을 향한 비난으로 들끓었다. 국제 협의도 없이 마음대로 오염수를 방류해놓고 이제 와서 멈추고 싶으면 돈을 내놓으라니. 깡패도 이런 깡패가 없었다.

"쓰나미 때문에 발생한 원전 사고가 우리 국가의 잘못은 아니지 않습니까?"

어이없는 발언이었지만 또다시 의견이 분분해졌다. 꽤씸은

하지만 방법이 없다는 쪽, 말도 안 된다는 쪽, 그리고 사고 원인이 쓰나미였던 걸로 보아 용왕의 짓이 아니냐는 음모론까지 생겨났다. 세계 곳곳의 해변에서는 용왕을 향해 빌며 현 상황을 알리는 사람들과 그의 계략이라며 욕하는 사람들이 속출했다.

방류국의 말을 듣기라도 한 건지 용왕은 말했던 기한에서 닷새쯤 지났을 때 방류국의 한 해변에 다시 나타났다. 바닷속에 오래 잠겨 있었던 듯 거의 부식된 금고와 함께.

둥둥 떠밀려온 금고의 문짝을 열어본 순간 사람들은 탄성을 숨길 수가 없었다. 따개비와 해조류가 얽혀 있기는 했지만, 그것은 분명 금괴였다. 꽤 오래전에 만들어진 듯한 금괴가 금고 가득 들어 있었다.

"이런 걸 좋아하나? 육지에서 온 물건 중 이렇게 오래도록 변치 않고 반짝이는 게 많더군. 오염수 방류를 멈추고 다시는 바다에 버리지 않겠다고 약속하면 너희가 바다에 놓고 간 반짝이는 것들을 전부 가져다주지."

용왕의 제안에 온 지구가 또다시 발칵 뒤집혔다. 사람들은 현재까지 인양되지 못한 침몰선에 묻혀 있을 보물을 추정하기 시작했지만, 알려지지 않은 난파선도 셀 수 없이 많아 액수 추정이 불가능했다. 보물선의 모티브가 된 프라우마리아호처럼 국가 간의 소유권 분쟁 때문에 인양하지 못했던 배들도 핫

이슈로 떠올랐다. 보물의 소유권이 용왕에게 있는 것 아니냐는 여론도 있었으나 소유권을 주장하는 국가들이 강력하게 반발했다.

"그렇게 되면 오염수 방류라는 지구적 범죄를 저지른 국가만 부유해지는 것 아닙니까? 뭘 잘했다고요!"

"차라리 침몰 위치에서 가장 가까운 국가가 받고, 방류국에는 인도적 차원에서 오염수 처리비용을 지원해줍시다!"

오랜 협의 끝에, 용왕에게 보물을 받은 국가들을 중심으로 방류국에 인도적 지원을 제공하기로 결론이 났고 국제협약이 맺어졌다. 그러나 지속적으로 발생하는 오염수 처리비용이 보물의 가치를 넘어설 경우, 그 비용을 누가 어떻게 충당할 것인지는 아무도 말하지 않았다. 용왕이 말한 기한의 마지막 날, 다시 나타난 용왕에게 인류의 대표가 말했다.

"'보물은 발견한 곳에서 가장 가까운 육지에 전달한다.' 이 조건을 지켜주신다면, 방류국이 오염수를 바다에 방류하지 않도록 전 세계가 함께 막겠습니다."

그러자 용왕은 인류의 대표를 한동안 가만히 바라보았다, 마치 인류의 욕심을 꿰뚫어 보듯이. 육지인들은 어느새 자신들의 잘못을 잊고, 용왕이 대가를 치러야만 방류를 멈출 것처럼 굴고 있었다. 잠시 후 용왕은 고개를 끄덕였다.

"좋다. 약속하지."

용왕과 인류는 서로의 약속을 돌판에 새겨 계약서처럼 나눠 가졌다. 계약이 체결된 후, 오염수 방류가 멈추는 것을 확인한 용왕은 육지 물건들을 찾아 준비하는 데 며칠이 걸릴 수도 있으나 계약은 반드시 지키겠다며 바다로 돌아갔다. 그로부터 일주일이 지나도록 바다는 감감무소식이었다. 용왕이 먹튀를 했다는 둥 인류가 용왕에게 당했다는 둥 갖가지 의혹이 불거졌고, 사람들은 더 이상 기다릴 수 없다며 들고일어났다. 마치 용왕에게 복수라도 하듯이 또다시 오염수를 바다에 방류할 태세였다. 어느새 '오염수 방류'는 용왕의 잘못으로 인한 결과가 되어 있었다.

그리고 오염수 재방류가 결정된 날이 되었다. 그날따라 잠잠하던 전 세계의 바다가 동시에 출렁였다. 마치 지구 전체가 요동치는 것 같았다. 곧이어 용왕이 처음 나타난 날과는 비교할 수 없는 거대한 파도 산이 지구의 육지를 동시에 덮쳤다. 그야말로 순식간이었다. 일부 내륙국을 제외한 전 세계 어디에도 인류가 피할 곳은 없었다.

파도 산이 쓸고 간 후 드러난 육지는 모든 것이 초토화되었다. 그리고 육지의 지형이 달라져 있었다. 전에 없던 거대한 산맥이 생겨났다. 그것은 다름 아닌 인류가 바다에 버린 해양 쓰레기가 만든 산맥이었다.

"육지인들이여. 나는 너희가 바다에 남긴 모든 것을 돌려주었다."

바다 한가운데에 선 용왕은 육지를 향해 그 말을 남기고는 바닷속으로 사라졌다. 그러나 육지에는 용왕의 말을 들은 이가 더 이상 남아 있지 않았다.

전 세계의 쓰레기 산맥들은 마치 성곽처럼 육지의 테두리를 둘러싼 채 바다와 선을 긋고 있었다. 인류가 맞이한 재앙과 달리 육지는 전에 없이 고요했다. 산맥을 이루는 색색의 플라스틱과 어망들이 오랜만에 햇빛을 받아 기분 좋다는 듯 반짝거렸다.

악의를 보는 판사

　김 판사도 한때는 나름 공명정대한 판사였다. 로스쿨에 들어가 변호사 시험을 거쳐 법조계에서 오랜 경력을 쌓아야만 하는 지금과 달리, 과거 김 판사는 사법 연수를 마치고 보는 시험에서 매우 우수한 성적을 받아 판사가 되었다. 판사가 되는 것은 김 판사에게 선택의 문제가 아니었다. 전국에서 공부로 난다 긴다 하는 사람들 중에서도 상위권만이 판사가 될 수 있었기 때문에, 그에게는 자신의 우수성을 드러내는 최적의 직업이었다.

　그 어렵다는 판사가 되어 법복을 입으니 사명감마저 생기는 것 같았다. 임용 초기에는 어떤 사건을 맡든 정의롭고 공정한 판단을 내리기 위해 최선을 다했다. 그도 대한민국의 수많은 훌륭한 판사 중 한 명이었다.

그러나 해가 갈수록 김 판사는 판결이라는 것이 외압으로부터 완전히 자유로울 수 없음을 깨달았다. 사실 승진 가도를 포기하면 외압에 굴하지 않고 공정하게 판결할 수 있었겠지만, 그는 성공이라는 단맛을 포기할 수 없었다. 김 판사는 돈과 권력이 내미는 동아줄을 잡았다.

그 이후로 김 판사는 사회의 상식이 아닌 자신의 상식을 기준으로 삼았다. 자신의 판결이 옳은 판결이라고 합리화했고 그것은 곧 확신이 되었다. 확신은 오만이 되었고, 오만은 곧 독선이 되었다. 돈과 힘이 있는 자들은 그의 판결을 통해 사건에서 빠져나가거나 죄질에 비해 가벼운 형량을 받았고, 힘없고 억울한 자만 늘어갔다. 김 판사에게는 권력에 맞닿은 파벌에 들어갈 기회가 주어지기 시작했다. 그렇게 김 판사는 입지가 굳어져 갔다.

그날은 특별한 술자리에 초대받은 날이었다. 고등법원의 부장판사를 지내고 있는 대학 선배가 "너도 슬슬 고법으로 올라와야지." 하며 누군가를 소개해주기로 했다.

해가 지도록 판사실에서 맡은 사건의 파일을 뒤적이던 김 판사는 약속 시간보다 미리 가 있을 생각으로 자리에서 일찍 일어섰다. 그리고 가던 길에 김 판사는 황천길을 반쯤 넘었다가 되살아났다. 김 판사의 잘못은 아니었다. 100퍼센트 상대

방의 과실이었다. 그런데 과실이라고 하기엔 뭔가 이상했다. 고의라고 해야 하나, 악의라고 해야 하나.

상대 차는 김 판사의 뒤를 따라왔다. 일명 '똥침'이라 불리는 뒤꽁무니 바짝 붙기를 시전했다. 김 판사가 차선을 바꿔 길을 내줘도 필요 없다는 듯 다시 뒤를 압박하는 것이었다. 오가는 차도 별로 없는 한적한 도로에 들어왔음에도 십 분이나 그렇게 압박 운전을 당하자 김 판사는 짜증이 솟구쳤다.

'하필 오늘 같은 날 미친놈이 붙어가지고. 그냥 확 서버릴까 보다.'

그런 생각을 하며 가고 있는데, 따라붙던 뒤차가 갑자기 옆 차선으로 와서는 김 판사와 나란히 달리며 운전석 창문을 내렸다. 그러더니 김 판사를 보며 미친 사람처럼 웃는 것이다. 김 판사는 그를 몰랐다. 처음 보는 얼굴이었다. 그런데도 그는 김 판사를 아는 것처럼 집요하게 쫓아오더니 원하지도 않은 미친 웃음을 선사했다.

그는 선팅된 창문 때문에 김 판사가 보이지 않을 텐데도 마치 보이는 것처럼 뚫어져라 쳐다보며 웃어댔다. 실제로 눈이 마주친 것 같은 느낌에 김 판사는 머리끝이 쭈뼛할 정도로 소름이 돋았다.

그러다 갑자기 상대 차가 뒤로 쭉 빠져 사라졌다. 잠시 어리둥절한 찰나 김 판사의 차 뒤쪽 모서리에 충격이 가해졌고, 그 바람에 차는 차선을 이탈해 도로에서 회전하기 시작했다. 김 판사는 뭐가 어떻게 된 일인지 알지 못할 만큼 정신이 하나도 없었다. 그렇게 몇 바퀴 돌던 김 판사의 차는 콘크리트 가드레일을 들이받고 멈춰 섰다.

정신을 잃어가면서 김 판사가 희미하게 본 것은 악의에 찬 미소를 짓는 상대방의 얼굴이었다. 마치 눈빛으로 무언가 쏟아붓는 느낌이 들었다. 대체 왜 자신에게 그러는지 알 수가 없었다. 그러나 따질 새도 없이 김 판사는 기절하고 말았다.

나중에 병원에서 알게 된 바로는, 정말 죽을 수도 있었던 상황에 가해자에게 구출되어 목숨을 건졌다고 한다. 김 판사는 도무지 이해할 수가 없었다. 그토록 자신을 압박하며 죽이려고 하더니 왜 살려냈을까? 혹여 자신이 판결했던 사건 중 억울함을 호소하던 피해자와 연관된 자인가? 하지만 그 가해자는 김 판사의 재판들과 전혀 접점이 없는 사람이었다.

그보다 더 큰 문제가 생겼다. 치료를 마치고 법원으로 복귀한 김 판사의 시야에 이상한 게 보이기 시작했다. 사람의 몸을 감싸고 있는 이상한 형체였다. 색깔은 대체로 짙은 회색부터 검붉은색, 검은색 등 어두운 계열이고 사람마다 크기도 색깔도 달랐다. 마치 콜타르처럼 끈적한 점성을 가진 것이 사람에게서 몽글몽글 뿜어 나와 악착같이 들러붙어 있었다. 어떤 사람의 것은 오래된 돌덩이처럼 딱딱하게 굳어 있었다. 머지 않

아 김 판사는 그것인 무엇인지 알 수 있었다. 그 정체는 '악의'
였다.

'말도 안 돼……. 죽다 살아나더니 미친 건가.'

김 판사는 부정하고 싶었다. 그러나 사람을 볼 때마다 떡하
니 눈에 보이는 것을 어떻게 부정하겠는가. 악의 없는 사람만
만나면 좋으련만, 직업 특성상 악의를 철철 내뿜는 사람을 매
일같이 마주할 수밖에 없는 현실이 김 판사에게 빠른 깨달음
을 준 것이다.

법정에는 늘 악의가 넘쳐났다. 피고인은 물론이거니와 방
청석에서도, 때로는 검사에게서도 악의가 콸콸 뿜어 나왔다.
좋게 생각하면 판사로서는 유리한 능력이라 볼 수 있었다. 피
고인이 진심으로 반성하는 것인지, 검사가 무리해 퍼즐을 맞
추고 있는 것은 아닌지 그 속마음을 일부라도 엿볼 수 있는 척
도라 여길 수 있을 테니까.

그러나 김 판사는 버젓이 눈에 보이는 악의를 무시하고 힘
을 따라가는, 사고 이전의 판결 방식을 고수했다. 사실 김 판
사 경력이면 악의가 눈에 보이지 않아도 느낄 수 있었다. 중요
한 건 악의도 정의도 아닌, 자신의 승진 가도였다. 김 판사가
복귀한 뒤 첫 판결을 내릴 때였다. 피고인은 폭행과 마약 혐의
로 기소된 재벌가의 아들이었다. 검붉은 악의를 내뿜다 못해
갑옷처럼 입은 인간이었다. 그 위로 내뿜어지는 악의가 겹겹

이 쌓여 두께를 더해갔다. 한마디로 인간 말종이었다.

그런데도 김 판사는 그 두꺼운 악의를 무시하고 초범이라는 이유로 솜방망이보다 못한 면봉 같은 처벌을 내렸다. 그 재벌가로부터 모종의 스폰을 약속받았기 때문이다.

피고인이 한쪽 입꼬리를 올리며 의기양양하게 검사를 노려보는 순간이었다. 피고인에게서 솟아나던 악의가 김 판사에게 날아와 들러붙었다.

"으아아악!"

놀란 김 판사가 의자에서 뒤로 넘어갔다. 판사가 이유 없이 뒤로 넘어가자 판결에 원성을 높이던 사람들마저 깜짝 놀라 조용해졌다. 피고인만이 재미있는 걸 봤다는 듯 깔깔 웃었다. 이게 무슨 망신이란 말인가. 김 판사는 재빨리 법정을 떴다. 그리고 제 몸을 둘러봤다. 피고인의 검붉은 악의는 여전히 자신에게 들러붙어 있었다. 심지어 만져지기까지 했다. 질펀하게 끈적이는 촉감이 매우 기분 나빴다. 김 판사는 필사적으로 악의를 잡아떼봤지만 끈질기게 손에 더 들러붙을 뿐 떨어질 줄을 몰랐다.

김 판사가 악의를 무시하는 판결을 할 때마다 상대방의 악의는 그에게 들러붙었다. 김 판사의 몸은 다양한 색깔의 악의로 덕지덕지 쌓여 점점 혼탁해졌다.

해가 가고, 드디어 김 판사는 고등법원 부장판사가 되었다.

정치권의 러브 콜까지 받으며 떵떵거리던 어느 날, 김 판사는 숨 쉬기가 힘들 정도로 몸이 무겁게 느껴졌다. 악의가 보기 싫어 한동안 거울도 멀리했던 김 판사는 길을 걷다 건물 유리벽에 비친 자신의 모습을 보고 말았다.

경악 그 자체였다. 악의의 돌덩이가 덕지덕지 쌓인 골렘, 괴물과 같았다.

김 판사는 미친 듯이 집으로 달려와 욕실로 직행했다. 온몸의 껍질을 벗길 기세로 벅벅 씻어냈지만 악의가 닦일 리 없었다. 욕실에서 나와 팬트리로 향한 김 판사는 공구함을 미친 듯이 뒤지기 시작했다. 요란한 소리에 다가온 아내는 김 판사의 모습을 보고 기겁했다.

"당신 뭐 하는 거야?"

김 판사는 자신의 몸에 드라이버를 정처럼 대고 망치로 내려치고 있었다. 아내가 말리려고 붙잡았지만 이미 이성을 잃은 김 판사가 아내를 몸으로 밀쳤다. 아내가 벽에 부딪히든 말든 김 판사는 굳어버린 악의에 드라이버를 대고 내려쳤다. 아내가 보기에는 남편이 미친 것 같았다.

아내는 경찰에 신고할까 망설이다가 119에 먼저 신고했다. 김 판사가 힘 조절을 잘못하는 바람에 허벅지에 구멍이 뚫렸기 때문이다. 응급수술을 받고 입원하게 된 김 판사는 병원을 둘러보다 놀라 눈을 부릅떴다. 악의가 붙어 있는 사람이 보이지 않았다. 악의가 보이는 자신의 저주받은 능력이 사라진 것 같았다. 하지만 거울을 보자마자 아니라는 것을 깨알았다. 병원에는 악의를 가진 사람이 거의 없었던 것이다. 자신은 여전히 악의의 골렘이었다.

법원에는 사고로 처리되어 있었다. 몇몇 후배 법관들이 병문안을 왔지만 김 판사는 별로 반갑지 않았다. 그들도 자신의 앞길을 위해 얼굴도장을 찍으러 왔을 뿐이니까. 김 판사는 후배들을 쭉 둘러보았다. 그들은 모두 악의를 조금씩 달고 있었다. 김 판사의 주변 사람들은 모두 그랬다. 분명히 법관들 중에도 악의 없이 깨끗한 사람이 많은데, 왜 자기 주변에는 이런 사람들만 모일까. 분하고, 암울했다.

김 판사는 모두를 돌려보냈다. 이후로 병문안도 금지했다. 병원에 있는 동안 조용히 자신에게 붙은 악의를 없앨 궁리만 했다. 재활치료를 받고 병실로 올라온 어느 날, 김 판사는 복도 한쪽 자판기에서 버튼을 계속 누르고 있는 꼬마를 발견했다. 소아병동은 다른 층에 있으니 누군가를 따라온 것 같았다. 아이는 돈을 넣지 않은 채 계속 초콜릿 음료 버튼만 눌러댔다.

"그렇게 누르면 고장 나."

아이는 고개를 숙인 채 말이 없었다.

"이게 먹고 싶어?"

아이는 반짝이는 눈으로 격하게 고개를 끄덕였다. 그 모습에 피식 웃음이 난 김 판사는 초콜릿 음료를 뽑아 아이에게 건넸다.

"고맙습니다."

음료를 받아 들고 신나서 뛰어가는 아이의 뒷모습을 보던 김 판사는 뭔가 발견하고 눈이 휘둥그레졌다. 손톱 끝에 붙어 있던 돌덩이 같은 악의의 일부가 몽글거리더니 녹아내린 것이다. 정말 눈곱만큼이지만 분명히 사라진 것을 알 수 있었다.

"이, 이거였어?"

이거였다, 선의. 악의를 녹여 없앨 유일한 방법. 김 판사는 아직 불편한 다리를 이끌고 병원 아래 제과점으로 내려가 빵을 한 아름 샀다. 그러고는 간호사들에게 감사의 표시라며 나눠주었다. 물론 시험 삼아 해보는 행동이지만 고생하는 간호사들에게 고마운 마음도 일부 있었다.

간호사들이 고맙다고 김 판사에게 인사하자, 그의 손등에 붙어 있던 악의의 일부가 사라졌다. 새끼손톱의 반만큼.

선의가 악의를 녹이는 속도는 악의가 쌓이는 속도보다 열 배는 느린 것 같았다. 그래도 방법은 찾았으니 김 판사에게는 희망이 생겼다. 숨쉬기도 버거운 골렘 같은 자신이 사람으로 돌아올 희망이.

법원에 복귀한 김 판사는 완전히 변했다. 법원의 모든 사람이 의아해했지만, 김 판사는 모든 판결에서 악의를 무시하지 않았다. 매 순간 공정한 판결을 내리기 위해 노력했다. 그렇게 녹이다보니 또 알게 된 게 있었다. 가장 두껍고 단단한 것은 제일 안쪽에 눌어붙어 있던 자신의 악의였다는 것을. 끔찍하게 단단해서 그 어떤 악의보다 없애기 힘들다는 것을.

그래도 김 판사는 포기할 수 없었다. 닥치는 대로 선의를 베풀었다. 성공보다 중요한 것은 생존이었으니까.

*

그렇게 수년이 흘렀다.

김 판사는 감격에 벅차올랐다. 방금의 판결로, 명치에 붙어 있던 마지막 악의 한 조각이 완전히 사라졌기 때문이다. 목표를 완수한 순간, 김 판사는 선의를 베풀며 살아온 수년을 돌아보았다. 온몸에 바위처럼 붙어 있던 악의를 모두 없애기까지 얼마나 긴 시간이었던가. 부수적인 결과로 김 판사는 공명정대한 판사로 이름나 있었고, 법관 선후배는 물론 사회적으로 존경받는 인물이 되어 있었다. 누군가는 충분히 만족할 만한 삶이었다.

하지만 김 판사는 억울했다. 그만큼 자신은 성공과 멀어져 있었다. 과거 김 판사에게 내려왔던 권력의 동아줄도 모두 끊어진 지 오래였다. 그에게 남은 것은 약간의 명예와 존경뿐이었다.

"존경이 밥 먹여주나. 세상에 악의를 처바르고도 잘만 사는 놈이 얼마나 많은데. 왜 나만 이러고 살아야 하는 거야, 왜!"

김 판사는 자신만 악의를 보는 것에 갑자기 배알이 꼬였다. 이 능력을 전염시키고 싶었다. 이왕이면 악의가 넘쳐 골렘이 된 인간을 찾아서 넘기고 싶었다. 자신의 능력이 넘어갈지, 전염이 가능한지는 알 수 없지만 해봐야 아는 거니까. 김 판사는 자신이 이 능력을 갖게 된 원인을 떠올렸다. 죽을 뻔했던 사고. 악의를 가지고 자신을 죽이려던 가해자. 그는 죽지 않게 자신을 구했다.

김 판사는 지금에서야 그 이유를 알 것 같았다. 명확한 증거는 없으나 자신의 저주받은 능력은 그 가해자에게서 옮겨 온 것이 분명했다. 자신이 죽어버리면 옮길 수 없으니 살린 것이리라. 자신을 바라보던 눈에서 쏟아졌던 그 악의. 그렇다면 상대를 죽이지는 않되 죽을 고비를 넘기게 하고 바라보면 되는 건가?

김 판사는 거리를 돌아다니며 악의가 가장 두껍게 쌓인 사람을 찾기 시작했다. 그때 김 판사의 등에서는 암흑보다 검은 순도 100퍼센트의 악의가 솟아나고 있었다.

축복을 날려드립니다

어느 번화가에 작은 가게 하나가 문을 열었다. 그 가게는 뭔가를 파는 곳이 아니었다. 진열된 상품도 없었다. 가게에는 마주 앉을 수 있는 탁자와 의자 몇 개가 전부였다. 간판도 없는 이 가게에 이런 팻말이 붙어 있었다.

'축복을 날려드립니다.'

가게에는 백발을 가지런히 묶은, 주인으로 보이는 여성이 탁자 너머에 앉아 있었다. 가게를 본 사람들은 의아해했지만, 타로나 사주를 봐주는 가게 정도로 생각하며 큰 관심을 두지 않았다. 새해 초라면 복을 비는 손님이 좀 있으련만, 여름이 시작되는 계절에 문을 연 가게는 늘 한산했다. 어쩌다 오는 손님도 호기심에 들어왔다가 가벼운 마음으로 가족의 건강이나 일이 잘되기를 바라는 축복을 빌고 가는 정도였다.

그러던 어느 날, 한 중년의 남자가 가게 안으로 들어왔다.

"어서 오세요."

허름한 차림의 남자는 주인의 인사에 대답도 없이 가게를 훑어 보았다. 주인은 남자의 태도에 아랑곳하지 않고 자신의 맞은편 자리로 안내했다.

"이쪽으로 앉으세요."

자리에 앉은 남자는 대뜸 물었다.

"축복을 날려준다는 게 뭡니까?"

"말 그대로 손님이 원하시는 상대에게 원하시는 축복을 날려 보낸다는 뜻입니다."

"살(煞)을 날리는 것과 비슷한 거요?"

주인은 미소를 지었다.

"살 대신 축복을 날리는 거지요."

"정말 효과가 있습니까?"

"물론이지요."

"그걸 어떻게 믿나……."

남자를 바라보던 주인은 입가에 미소를 머금은 채 말했다.

"제가 손님께 작은 축복을 빌어드리죠."

주인이 눈을 감고 뭔가를 비는 듯했다. 몇 초 지나지 않아 주인이 눈을 번쩍 뜬 순간, 남자의 핸드폰 벨이 울리기 시작했다. 남자는 깜짝 놀랐으나, 주인은 전화가 올 줄 알았다는 듯 여유롭게 말했다.

"받아보세요."

남자가 전화를 받자, 핸드폰에서 여자의 경쾌한 음성이 들려왔다.

"○○○고객님 맞으시죠? 안녕하십니까. 저희 ○○은행의 경품 행사에 당첨되셔서 안내 전화드렸습니다."

"경품이요?"

장기 이용 고객을 대상으로 한 경품 행사에 당첨이 되어 무선 청소기를 보내주겠다는 전화였다. 남자는 얼떨떨했다. 그는 50년 넘게 인생을 살면서 이벤트는 물론이고 어릴 적 문방구 앞 뽑기조차도 당첨돼본 적이 없는 사람이었다.

"손님의 운을 조금 모아드린 겁니다."

남자의 태도가 돌변했다.

"나한테 비는 것도 가능합니까?"

"가능은 합니다만……."

"복채는 얼마입니까?"

"축복의 크기에 따라 다르지요. 무슨 복을 원하시는데요?"

"로또 1등이요."

주인은 지그시 남자를 바라보다 한숨을 내쉬며 말했다.

"축복은 받는 사람이 가진 운을 모아서 이뤄드리는 겁니다.

그 정도의 축복이면 손님의 평생의 운을 다 모아야 해요."

"괜찮……."

"그 말인즉."

주인이 남자의 말을 끊으며 말했다.

"이후로 평생, 손님에게는 아주 작은 행운도 없을 거라는 소리입니다."

주인은 경고하듯이 말했다. 지금까지 온화했던 분위기는 온데간데없었다. 갑자기 엄숙하게 자신을 쏘아보는 주인의 모습에 남자는 저도 모르게 마른침을 삼켰다. 그러나 물러서지 않았다.

"괘, 괜찮습니다. 진짜 1등이 되기만 한다면……. 그래서 얼마인데요?"

남자의 말에, 주인은 어쩔 수 없다는 듯 말했다.

"당첨금의 0.1퍼센트."

"만약 30억이면!"

"300만 원이네요."

"이런 날강도 같은!"

"날강도라뇨. 겨우 0.1퍼센트인데요."

"……."

"이번 주 금액은 20억쯤 되겠군요. 200만 원만 받죠. 축복을 비시겠습니까?"

잠시 주인을 쏘아보던 남자는 그대로 가게를 나갔다. 주인은 남자가 이대로 다시 돌아오지 않기를 바랐다. 그러나 며칠 후, 남자는 다시 찾아왔다. 그날은 로또 발표 날이었다. 남자는 주인의 앞에 돈뭉치를 내밀었다.

"200만 원입니다. 1등 안 되면 다시 뱉어내야 할 거요."

주인은 할 수 없다는 듯이 말했다.

"1등은 될 겁니다. 하지만 그 이후의 운은 당신 몫입니다. 아시겠죠?"

남자가 고개를 끄덕이자 주인은 그가 바라던 축복을 날려주었다. 가게를 나가자마자 로또를 산 남자는 그날 저녁 로또 1등에 당첨되었다. 당첨금은 20억 1,400만 원. 축복 가게 주인의 말 그대로였다.

다음 날부터 갑자기 가게에 손님이 줄을 서기 시작했다. 남자가 누군가에게 축복 가게에 대해 말한 모양이었다. 남자의 지인의 지인까지 찾아왔다. 그들은 모두 자신에게 로또 1등을 날려달라고 했다. 가게 주인은 모두에게 경고했지만 다들 같은 선택을 했다. 평생의 운을 한 방에 쓰겠다는 것이었다.

그 주 로또 1등 당첨은 무려 열여섯 명이었다. 당첨금도 그만큼 줄어들었다. 그래도 사람들은 가게로 몰려들어 같은 축복을 빌었고, 당첨금은 점점 줄어들어 날이 갈수록 로또의 의미는 사라져갔다. 1등 당첨자가 넘쳐나자 당첨 기계가 조작된

게 아니냐는 의혹까지 나왔다.

문제는 처음 로또 당첨을 빌었던 남자였다. 당첨된 지 한 달도 되지 않아 남자는 당첨금은 물론 전 재산을 탕진했다. 남자가 로또를 빌었던 이유가 가게가 망해서 생긴 빚 때문이었다. 하지만 큰돈이 생기자 일부는 자식들이 뜯어 가고, 일부는 사기를 당했고, 그에 더해 교통사고까지 당해 의식을 잃고 중환자실에 입원해 있었다.

주변 사람들은 로또 당첨 이후 세상의 모든 불운이 남자에게 향한 것 같다고 말했다. 그러나 남자에게는 불운이 몰려온게 아니라 불운을 막아줄 행운이 하나도 남아 있지 않았을 뿐이었다. 남자 이후에 로또 당첨을 빌었던 사람들도 마찬가지였다. 당첨을 위해 모았던 운의 크기에 따라 정도의 차이가 있었으나 불운을 겪지 않은 사람은 없었다.

축복 가게에는 다시 손님의 발길이 끊겼다. 그럼에도 주인은 손님이 줄을 설 때보다 오히려 만족스러워 보였다. 어느 날, 한 젊은 여자가 가게로 들어왔다. 소박한 차림의 여자는 삶의 무언가를 내려놓은 듯 표정이 없었다. 주인과 인사한 후 여자가 먼저 말을 꺼냈다.

"축복을 날리는 상대의 이름이나 얼굴을 꼭 알고 있어야 하나요?"

이름도 얼굴도 모르는 상대의 축복을 비는 사람이 몇이나

될까. 주인은 의아한 생각이 들었지만, 그런 사람이 없을 뿐이지 불가능한 건 아니었다.

"가능은 합니다. 손님께서 마음속으로 상대를 떠올리며 축복을 비시면 저는 그걸 그분께 날려드리기만 하는 거니까요. 어떤 축복을 비시겠어요?"

표정 없는 여자가 고저 없는 목소리로 말했다.

"딱 그가 행한 일만큼의 대가를 받게 해주세요. 행운이든 불운이든."

"인과응보를 말씀하시나요? 그게 축복인가요?"

여자는 잠시 머뭇거리더니 이렇게 말했다.

"좋은 일을 하면 복을 받고 나쁜 짓을 하면 벌을 받는 게 당연하다고 하지만, 현실은 그렇지 않잖아요. 나쁜 짓을 하면서도 떵떵거리며 잘사는 사람이 얼마나 많아요. 그만큼 좋은 일을 하며 살아도 힘겹게 살아가는 사람이 얼마나 많은가요."

"그렇죠."

"그렇게 불공평한 세상에서 좋은 일을 한 만큼 복을 받고, 나쁜 짓을 한 만큼, 딱 그만큼 제대로 벌을 받는 건 인생에 있어서 축복이라고 생각해요."

주인은 고개를 끄덕일 수밖에 없었다. 여자가 바란 축복 자체는 큰 운을 모아야 하는 게 아니었기에, 주인은 여자의 축복을 날려주고 기본 복채만 받았다. 그런데 일주일 후, 어마어마한 크기의 인과응보가 나타났다.

"경찰이 로맨스 스캠과 디지털 피싱을 일삼는 국제 피싱 조직을 일망타진하며 검거에 성공했습니다."

한국에서도 국제 피싱 조직에 의한 피해자가 늘고 있었기에 경찰이 해가 바뀌도록 수사를 이어갔다. 하지만 피싱 조직의 특성상 단서를 찾기란 사막에서 바늘 찾기였다. 그러던 중 마침 조직의 근거지로 알려진 국가와 외교적 교류 협상이 성공적으로 체결되었고, 분위기를 탄 양국의 수사 공조 또한 순조롭게 이루어졌다. 그 결과 조직의 우두머리까지 빠르게 검거할 수 있었다. 조직은 범죄 수익 전부를 몰수당했다. 그야말로 쫄딱 망하게 된 것이다.

우연의 시작은 축복 가게에서 인과응보를 날린 여자의 축복에서 출발했다. 여자는 전 재산을 잃었어도 범인을 잡을 길이 없다는 국제 피싱 조직의 피해자였다. 축복 가게에 또다시 사람들이 몰려들었다. 여자가 익명으로 작성한 글을 본 사람들이었다. 너도나도 누군가에게 인과응보를 축복으로 빌었다. 대부분 어떤 사건의 피해자들이었다. 미제 사건, 살인사건, 뺑소니, 학교폭력 등 범인을 잡지 못했거나 잡았어도 죄질에 합당한 벌을 받지 못했다고 생각하는 사람들이 모여들었다.

그 결과, 한국 사회에 인과응보가 넘쳐났다. 미제 사건들이 해결되고, 사형수가 되었어도 사형이 집행되지 않아 오랜 세월 교도소 밥을 먹은 죄수가 갑자기 죽어나가고, 학교폭력 가해자들이 더 센 자의 등장으로 피해자가 되는, 정말 딱 그만큼의 인과응보가 곳곳에서 일어났다. 해외에서도 소문을 듣고 손님이 찾아올 정도였다. 인과응보라는 축복의 힘은 어마어마했다. 한국은 점점 범죄 청정 국가가 되어갔다.

그러나 모든 작용에 반작용이 있듯이 사태가 커지자 반작용이 일어났고, 그 반작용은 오롯이 축복 가게 주인을 향했다. 어느 날부터 축복 가게 주인이 생명의 위협을 느끼기 시작한 것이다. 밤거리에서 미행하는 사람부터 오토바이 펙치기까지. 혼자서 길거리를 다니기 위험한 지경에 이른 가게 주인은 아예 가게에 틀어박혔다.

그러기를 며칠째. 모두가 잠든 꼭두새벽, 번화가 한복판에서 화재가 발생했다. 다름 아닌 축복 가게였다. 다행히 주인은 소방 구조대에 의해 목숨을 건졌지만 불은 쉽사리 꺼지지 않았다. 누군가 일부러 불을 낸 것인지 가게는 활활 탔다. 주인은 가게를 집어삼키는 화마의 혀를 바라보며 생각했다.

'드러낼수록 내가 감당할 수 없는 능력이구나.'

축복을 비는 것이 목숨을 걸어야 하는 일이었던가. 주인은 조용히 눈을 감았다. 그리고 방화와 연루된 자들 모두에게 인과응보의 축복을 날린 후 조용히 자취를 감췄다.

다음 날부터 뜬금없이 정치, 경제, 검찰, 경찰, 언론을 가리지 않고 한꺼번에 비리가 터져 나오기 시작했다. 최근부터 수년 전에 벌어졌던 일까지 폭포수 쏟아지듯 사건이 날마다 터져 나와 뉴스가 뉴스를 덮었다. 사람들은 정신이 하나도 없었다. 보통은 비리가 연이어 드러나도 이를 방어하는 권력 집단이 나서기 마련인데, 이번는 누군가 방어에 나서면 그의 비리가 새롭게 드러나는 바람에 점차 방어 세력도 사라졌다.

그로부터 몇 달 후, 대한민국의 권력 집단이 새롭게 물갈이 되면서 정권마저 바뀌어버렸다. 이 어마어마한 일련의 사건은 한 사람의 축복, 인과응보라는 작은 바람에서 시작되었다. 축복 가게 주인을 제거해야 할 정도로 권력 집단이 두려워한 것 또한 '인과응보'였다.

신의 착오

보다 못한 신이 인간 세상에 개입했다.

"내 너희를 서로 싸우고 증오하도록 만들지 않았거늘. 오랫동안 눈감아왔지만 더는 못 보겠다."

모두의 머릿속에 신의 음성이 들린 다음 날, 지구상의 모든 인간들이 낯선 환경에서 눈을 떴다. 집 안은 분명 그대로였으나, 집 밖을 나와 보니 똑같이 생긴 집들이 낯선 공간에 펼쳐져 있었다. 주변에는 아는 이도 있었지만 이름 모를 낯선 사람이 가득했다. 모두가 당황해 있는 그때였다. 또다시 신의 음성이 들렸다.

"지금 네 옆에 있는 이들은 재력도 지위도 너와 비슷한 부류의 사람들이니라. 이제 서로 싸울 일은 없을 것이다."

하루아침에 생활환경이 바뀌어서 적응이 어려울 뿐, 사람들이 살아가는 데 딱히 불편함은 없었다. 자신의 직업과 생활수준 그대로 살 수 있는 경제 생태계가 모두 갖춰져 있었기 때문이다. 그러나 사람들은 알지 못했다. 마치 건물처럼 층으로 나뉜 세상 속에 살게 되었다는 것을.

각 층은 부와 권력 등 인간 세상의 계급을 기준으로 나뉘었다. 총 다섯 층으로, 1층은 최하 빈민층, 2층은 하루 벌어 하루 먹기에 허덕이는 층, 3층은 중산층, 4층은 재력가 또는 정치인, 5층은 초재벌 또는 거물급 권력자로 나뉘었다. 그러나 사람들은 그저 자신이 속해 있는 세상밖에 알 수 없었다. 각 층은 철저히 분리되어 있었고, 자신의 옆에는 생활수준이 비슷한 사람만 있었으니까.

처음에는 반발도 심했고 울분을 터뜨리는 사람도 많았다. 하지만 그 후로 신의 음성은 들리지 않자 사람들은 점차 적응하며 살아갔다. 자신과 다른 생활수준을 가진 사람들은 모두 어디로 갔을까 이따금 궁금해할 뿐이었다. 신의 바람대로 평화로운 나날이 이어졌다. 불과 처음 몇 주였지만.

고만고만한 사람들끼리 모이니 싸움은 사라졌지만, 그와 함께 희망도 사라졌다. 자신보다 부자도 없고 가난한 이도 없다는 것은, 즉 아무리 발버둥 쳐도 더 나은 삶을 가질 수 없다는 것 아닌가. 그런 생각들이 퍼지자 무기력이 바이러스처럼 번져나갔다. 무력감에 젖어 자살해버리는 사람들도 생겨났다. 그나마 평화가 가장 오래 지속된 곳은 아이러니하게도 2층이었다. 그곳은 더 나은 삶을 꿈꾸지 못해서 생기는 무기력보다 오늘 하루 살아 있음에 감사함을 느끼는 사람들이 더 많았다.

평화가 가장 빨리 깨진 층은 5층이었다. 그곳은 일주일도 버티지 못했다. 초재벌의 호화로운 삶은 그대로 영위할 수 있는 환경이었으나 문제는 생활 방식이었다. 아무도 허드렛일을 하려 하지 않았다. 청소, 식사, 빨래 등 남들이 해주던 일상 노동을 바탕으로 자신이 생활해왔다는 것을 깨달았지만, 그들에 대한 감사함을 느낀 건 극소수일 뿐. 그 일을 스스로 할 생각은 전혀 없었다. 일상 노동을 아예 할 줄 모르는 사람도 많았고, 자신이 왜 그런 일을 해야 하는지 이해할 수 없다며 거부하는 사람도 많았다.

호화롭던 그들의 집은 점점 쓰레기 소굴이 되어갔다. 그런 환경을 겪어본 적이 없는 5층 사람들은 고용할 사람이 없음에 치미는 분노를 풀어낼 길이 없었다. 그들은 자신을 대신해 일상 노동을 해줄 사람을 찾기 위해 눈에 불을 켜고 물색했지만, 돈을 받고 그걸 대신해줄 사람은 그 층에 아무도 없었다. 결국 가장 가까이에 있는 가족 중 만만한 사람부터 화풀이 대상으로 삼기 시작했다. 그 결과 여기저기서 가정불화가 생겨났고, 화풀이의 불씨는 주변으로 옮겨가면서 급기야 1층에서조차 빠르게 계급이 정리되어갔다. 이보다 먼저 가장 빠르게 계층이 나뉘고 착취가 일어난 곳은 의외로 4층이었다. 태어날 때부터 최상위 계급에 속하는 이가 더 많은 5층과 달리 4층은 남을 밟고 올라서본 경험을 한 사람들이 더 많았다. 어떻게든 서열을 나누고 남보다 위에 서야만 했다. 그런 이들이 겨우 허드렛일 때문에 일상생활이 돌아가지 않는 상황이 되자 미치기 일보 직전이었다. 그렇게 4층에서 가장 먼저 생겨난 불란은 계층의 기준을 바꾸었다. 돈과 권력이 큰 영향을 미칠 수 없는 세상에서의 기준은 피지컬적 힘이었다.

5층도 며칠 지나지 않아 4층처럼 싸움의 우위에 따른 계층이 생겨났고, 시간차만 있을 뿐 다른 층도 마찬가지였다. 1층이 가장 느렸다. 싸움도 에너지가 있어야 하는 거니까. 그러나 결국 1층조차 주먹을 기준으로 한 우위계층이 생겨났다. 싸우지 말라고 인간을 분류해놓은 신의 의도와 달리, 몸싸움을 가장 잘하는 이가 각 층의 우두머리가 되어버렸다. 인간을 분류하기 전보다 훨씬 더 동물적인 사회가 되고 만 것이다.

그렇게 1년이 지난 후 사람들은 알게 되었다. 자신들이 사는 곳 외에 다른 층이 있다는 것을. 1년이 지나던 날, 극소수지만 각 층에서 이동하는 사람이 생겼다. 사라지는 사람과 나타나는 사람. 위층으로 올라간 사람도 있고 아래층으로 내려간 사람도 있었다. 신의 기준에 따라 재력이나 권력이 바뀐 자들이었다.

사람들에게는 다시 희망이 생겼다. 그곳을 벗어날 희망이. 그 결과, 싸움과 착취는 더욱 심해졌다. 아득바득 위층으로 올라가려는 인간이 급격히 늘어났기 때문이다. 모두가 힘들게 사는 1층에서조차 남을 등쳐 먹는 인간이 생겨났다. 5층 사람들은 자신들이 마치 왕인 양 아래층에서 올라온 사람들을 인간 취급도 하지 않았다. 태생이 다른 인간이라며 드디어 자신이 부려먹을 수 있는 대상이 생겨났다고 여겼다. 위에서 아래로 내려온 사람들은 이방인 취급을 받았다. 거기에 힘 싸움까지 더해진 각 층은 이전 세상보다 훨씬 더 아비규환이었다.

"사는 수준이 비슷하다고 해서 너희를 바꿀 수는 없구나."

신은 다시 인간들을 분류했다.

하루아침에 또다시 환경이 바뀌자 어리둥절해하는 것도 잠시, 이번에도 신의 짓인 걸 깨달은 사람들은 신을 향해 분노와 원망을 터뜨렸다. 하지만 신은 아랑곳하지 않았다.

신의 음성이 들렸다.

"싸우지 말라 했거늘 내 말을 거역한 것은 너희다. 지금 네 옆에 있는 이들은 선악의 정도가 너와 비슷한 사람들이니라. 이제 서로 싸울 일은 없을 것이다."

이번에는 층이 아니라 두 영역으로 분류가 나뉘었다. 선한 부류와 악한 부류로. 신은 생명과 정신을 기준으로 선과 악을 나누었다. 일단 악한 부류는 남을 한 번이라도 해한 자들이었다. 살인, 살생, 폭력, 성폭력, 사기, 절도, 교사 등등 인간 사회에서 범죄를 저지른 부류였다. 남을 무시하거나 이용하고 착취한 자, 가족에게 마땅히 주어야 할 사랑을 주지 않고 방치한 자도 이에 해당했다. 다만 생존을 위해 어쩔 수 없이 행한 경우는 예외였다. 그 외의 나머지는 모두 선한 부류. 생각보다 심플한 기준이었다.

역시나 악의 영역에서는 첫날부터 싸움이 끊이지 않았다. 특히나 층이 달라도 다들 몸싸움으로 계급을 나누는 것이 당연해 있었던 터에, 돈과 권력으로 인한 층마저 사라져버리자 너도나도 권력자들을 밟아보기 위해 주먹을 들었다. 진정한 몸싸움의 세상이 되어버린 것이었다. 물론 악한 부류는 그들의 성향상 싸움이 일어날 수밖에 없다는 것을 신도 알고 있었다. 지옥의 사전(死前) 판일 테니까. 평화는 전쟁의 토대 위에서 만들어지는 법이니, 악한 쪽도 몸살 같은 전쟁을 거치고 나면 언젠가는 평화가 찾아올 것이라 예상했다. 딱 그 정도였다.

그런데 이상한 광경이 신의 눈에 띄었다. 덩치 큰 남자에게 얻어맞는 노인을 몸으로 막아서며 대신 싸우는 청년. 또래에게 괴롭힘당해 상처투성이인 아이의 피를 닦아주는 친구. 여자를 힘으로 끌고 가는 남자를 막아서는 남녀. 돈과 식량을 빼앗겨 며칠째 굶고 있는 사람에게 자신이 먹기도 부족한 빵을 떼어주는 노인. 버려진 아기를 안아 들고 가진 돈을 탈탈 털어 분유를 사는 여자. 이유는 모르지만 악한 부류 속에서 선한 인간이 생겨나고 있었다.

"너희는 참 이상하구나."

악의 영역에서 일말의 선을 보자, 신은 선한 부류 쪽에 대한 기대가 커졌다. 이들이야 뭐, 선한 자끼리 모아놨으니 더 이상의 싸움과 갈취는 없으리라. 그러나 신의 기대는 완전히 빗나갔다.

선한 부류 속에는 오랜 세월 악한 자들에게 무시당하고 착취당했던 사람들이 대거 속해 있었던 것이다. 물론 그들이 모두 변한 건 아니었다. 자신이 당해온 만큼 타인에게는 그러지 않으려는 사람도 많았다. 그러나 일부는 자신을 짓누르던 세력이 없어지자 물 만난 고기가 되었다. 드디어 자신의 세상이 왔다는 듯 자신이 당해왔던 것과 비슷한 방식으로 또는 그 이상으로 선한 사람들을 이용하고 착취하기 시작했다. 더 기가 막힌 건 본인이 선한 사람이라고 믿고 있다는 점이었다. 그렇다고 선한 사람들이 마냥 이용만 당하는 멍청이는 아니었다. 불합리 앞에서는 남을 위해서라도 목소리를 높일 줄 아는 정의로운 사람도 많았다. 그들이 들고일어났다. 항의하고 싸웠다. 결국 신이 기대했던 선한 부류 쪽에서도 분쟁은 끊이지 않았다.

"너희는 정말 이상하구나."

인간들은 단 한 번도 신의 예상대로 움직이지 않았다.

"내가 너희를 이렇게 만들지 않았는데. 어찌 동물보다 못하단 말인가!"

돈과 권력도, 선과 악도 소용이 없는 지경에 이른 지금, 신은 더는 방법이 없다고 생각했다.

"그냥 전부 없애고 새로 만들겠노라!"

그렇게 인류는 사라지고 세상은 태초의 빛과 동물만이 있던 시대로 돌아가버렸다. 신은 오랜만에 흙을 만지며 이번에는 어떻게 인간을 만들어야 할지 구상하고 있었다. 그러다 문득 든 생각에 신은 혼잣말처럼 말했다.

"그런데…… 인간을 꼭 만들어야 할까?"

죽은 후에 알게 된 것

그는 죽어 있는 자신의 몸을 내려다보고 있었다. 꿈꾸는 건가 싶어 잠시 멍하니 있었지만, 곧 현실임을 깨달았다. 정신이 생생한 데다, 꿈이라면 무슨 일이든 벌어졌을 텐데 아무 일도 일어나지 않았다. 그저 죽어 있는 몸뚱이 옆 허공에 떠 있을 뿐이었다.

김영호, 46세. 고독사였다. 작년부터 환경미화원으로 일했다. 그러나 8평 남짓한 원룸에서 홀로 죽음을 맞이한 그의 주변은 쓰레기로 발 디딜 틈이 없었고 머리맡에는 빈 소주병 여섯 병이 굴러다니고 있었다. 그는 자신의 죽음을 믿을 수가 없었다. 쉬는 날 평소처럼 술을 마셨을 뿐인데 어떻게 하루아침에 이렇게 죽을 수 있단 말인가?

'죽긴 내가 왜 죽어. 뭐라더라…… 유체 이탈! 그런 거겠지.'

그는 누워 있는 자신의 몸 위로 뛰어들 듯이 드러누웠다. 그러나 시야가 다시 둥실 위로 떠올랐다. 몇 번을 반복해도 마찬가지였다. 자신의 몸을 눈앞에 두고도 들어갈 수 없었다. 옆에서 볼품없이 널브러진 자신의 몸을 보고 있자니 그는 점점 화가 치밀었다. 빚도 좀 갚고 이제 좀 살아볼까 했는데 죽어버리다니.

'내가 왜 죽어? 무슨 죄를 지었다고? 세상에 죽어야 할 인간이 얼마나 많은데, 왜 하필 내가 죽냐고!'

그는 평소 성질처럼 주변 물건이라도 때려 부수고 싶었지만 그럴 수도 없었다. 몸이 물건을 통과해버려서 아무것도 만질 수 없었으니까.

'이건 뭔가 잘못됐어. 잘못된 게 분명해.'

저승사자가 오면 따져봐야겠다고 다짐했다. 그런데 사람이 죽으면 저승사자든 뭐든 영혼을 데리고 갈 이가 온다더니, 이상하게도 아무리 기다려도 그를 인도할 저승사자는커녕 그림자도 보이지 않았다. 억울했다. 그리고 서글펐다. 살아서도 혼자였고 죽을 때도 혼자였는데 죽고나서도 혼자라니. 하늘이 자신에게 너무 야박한 것 같았다. 저승사자가 오는 건 오는 대로 문제였지만 아예 오지 않는 건 그것대로 너무한 것 아닌가.

그때 위층에서 쿵쿵거리는 소리가 들렸다. 평소 층간소음으로 시달리던 그였다. 참아도 보고 항의도 해봤지만 윗집은 3년간 그의 말을 완전히 무시해왔다. 윗집에는 젊은 여자가 살고 있었다.

'코딱지만 한 집에서 대체 뭘 하는 거야?'

그는 습관처럼 문으로 향했지만 문손잡이를 잡을 수 없다는 걸 깨달았다.

'그렇다는 것은…… 그동안은 할 수 없는 일이었지만, 지금 상태라면 눈에 띌 염려 없이 볼 수 있지 않을까?'

둥실.

그는 그대로 천장을 통과해 윗집으로 올라갔다. 음악 소리가 들렸다. 젊은 여자가 몸에 딱 붙는 레깅스 같은 걸 입고는 홈트레이닝을 하고 있었다. 바닥에는 얇디얇은 요가 매트 하나만 깔아놓은 상태였다. 여자는 바닥에 손을 대고 엉덩이를 들어 올린 요상한 자세를 취하고 있었다. 갑자기 맞닥뜨린 여자의 엉덩이 공격에 그는 정신이 혼미해졌다. 치밀었던 화는 온데간데없어지고, 오히려 이런 생각이 먼저 들었다.

'정말 내가 안 보인단 말이야?'

잠시 여자를 구경하던 그는 장난기가 들었다. 자신이 있다는 걸 알리고 싶었다. 그는 여자에게 바짝 다가가 코앞에 얼굴을 들이밀었다. 표정의 변화가 없는 걸 보니 여자는 그의 존재를 느끼지 못하는 것 같았다.

이번에는 여자의 어깨를 움켜쥐었다. 그의 팔이 여자의 어깨를 통과했다. 하지만 여자는 뭔가 느꼈는지 몸을 부르르 떨더니 소름이 돋은 듯 팔을 문질렀다.

"이거다!"

그는 여자 옆에서 여자가 자세를 바꿀 때마다 몸을 건드렸다. 그때마다 여자는 진동이 울리듯 몸을 떨어댔다. 그 모습을 보니 왠지 흡족해 절로 웃음이 났다.

"으하하."

그때 갑자기 여자가 동작을 멈췄다. 그리고 뭔가 주의 깊게 듣는 것처럼 미동도 하지 않았다.

'어? 내 웃음소리를 들은 건가?'

혹시나 싶어 "이봐요, 여기요."를 외쳤지만 이번에는 들리지 않는 듯했다. 여자가 몇 걸음 옆에 있는 싱크대로 향하더니 뭔가를 꺼내 왔다. 여자의 행동을 관찰하던 그는 급작스러운 고통을 느껴 자신도 모르는 사이에 창문 밖으로 튕겨 나왔다. 여자가 그를 향해 공중에 뿌린 것은 소금이었다.

'하, 지금 나한테 소금 뿌린 거냐?'

그는 또다시 울컥 화가 치밀었다. 다시 여자의 집으로 들어갈까 했지만 조금 전 맞은 소금은 진짜 아팠다. 죽은 것도 억울한데 화를 그냥 삭이기도 억울했다. 도저히 참을 수 없었다. 누구라도 괴롭히고 싶었다.

"그렇다면……."

그는 자신이 뭔가 되갚아줄 만한 사람을 하나하나 떠올렸다. 평소 자신만 보면 잘난 척하던 민수 아빠가 떠올랐다. 그는 망설임 없이 민수네 집으로 들어갔다.

휴일이라고 소파에서 널브러져 자고 있는 민수 아빠가 보였다. 집 안에는 민수 엄마의 음식 냄새가 맛있게 퍼져 있었고 곳곳에 따뜻한 분위기가 넘쳐났다. 그는 그것조차 꼴 보기 싫었다.

'어째서 저 재수 없는 자식은 모든 걸 가졌지!'

그는 산처럼 솟은 민수 아빠의 배를 힘껏 내려쳤다. 타격감은 없지만, 그가 할 수 있는 건 그것뿐이었다. 그래도 불쾌감을 줄 수 있을 거라 생각했다. 그러나 아까 여자의 반응과는 달리, 민수 아빠는 몸을 조금 뒤척거릴 뿐이었다. 점점 약이 오른 그는 아예 민수 아빠의 배 위에 올라탔다. 그러고는 배 위에서 방방 뛰었다. 잠에서 깨진 않았지만 점점 괴로운 듯 민수 아빠의 표정이 일그러졌다. 컥컥 숨도 가빠하기 시작했다. 슬슬 그만할까 싶던 찰나, 방에서 민수가 뛰어나왔다.

"아빠, 아빠!"

아빠가 내는 소리를 들었는지 민수가 아빠를 깨웠다. 화들짝 놀라 일어난 민수 아빠가 숨을 몰아쉬며 주변을 돌아보다 민수를 끌어안았다. 네가 나를 살렸다며 아들을 부둥켜안는 모습이 왠지 아니꼬웠다. 그도 민수 또래의 자식들이 있었다.

갑자기 아이들이 보고 싶었다. 벌써 초등학교를 졸업할 때가 된 것 같은데, 3년 전에 이혼한 후로 한 번도 찾아가지 않았다. 아들이고 딸이고 다 제 엄마랑 살겠다고 하니 배알이 꼬여서 연락도 자주 하지 않았다. 그런데 갑자기 자신이 죽어버렸으니, 전처는 둘째 치고 자식들마저 아버지의 죽음을 모를 것이라는 생각이 들었다.

그는 자식들을 찾아가기로 마음먹었다. 얼굴이라도 보고 싶었다. 가능하다면 본인의 죽음도 알리고 싶었다. 어떻게 사는지도 궁금해졌다. 아빠 없는 자식이라는 소리를 들으며 기죽은 채 사는 건 아닌지 갑자기 마음이 쓰였다.

한참을 날아서 전처와 아이들이 사는 동네로 갔다. 이혼 후 살던 집에서 이사 가면서 정확히 어느 집인지 알려주지 않았기에 그는 동네를 순찰하듯 날아다녔다. 한참을 떠돌다 동네 놀이터에서 아이들을 발견했다. 오빠인 아들이 여동생과 놀아주고 있었다.

'기특한 것들, 많이도 컸네.'

오랜만에 보는 아이들 모습에 왠지 마음이 울컥했다. 아이들은 신나게 뛰어다니며 놀고 있었다. 그의 염려와 달리 아이들은 생각보다 표정이 밝았다.

그는 아이들에게 다가갔다. 아이들이 자신을 보지 못하는 게 당연한 걸 알면서도 못내 서운했다. 닿으면 안 된다는 걸 알면서도 한 번만 안아보고 싶었다. 조금이라도 가까이 가고 싶어 두 팔을 벌려 다가간 순간, 아이들을 부르는 목소리가 들려왔다. 애들 엄마였다.

"엄마!"

손에 겨우 닿기 직전이었는데. 아이들은 까르르 웃으며 엄마를 향해 뛰어갔다.

'내가 여기, 너희 옆에 있었는데.'

그는 애들 엄마가 아이들을 또 빼앗아 갔다고 느꼈다. 자기 없이 셋이 부둥켜안고 웃는 모습이 너무너무 미웠다. 한이 생겨났다. 그는 두 눈에 핏물이라도 흐를 것처럼 새빨갛게 핏발이 선 귀신의 모습을 하고 있었다.

그는 순식간에 날아가 아이들 손을 붙잡고 가고 있는 전처에게 달라붙어 목을 졸랐다. 소용이 있고 없고를 떠나 참을 수 없어 벌인 일이었다. 그런데 전처가 정말 목을 졸린 것처럼 컥컥대더니 앞으로 고꾸라졌다. 그러다 아이들까지 같이 넘어지고 말았다. 전처는 무사했지만 아이들이 놀라 울음을 터뜨리자 그는 그제야 정신이 조금 들었다.

'애들 엄마는 건들면 안 되겠다.'

그러나 금세 다른 쪽으로 생각이 비껴갔다.

'사람이 건드려지네?'

이제 우는 아이들과 전처는 안중에도 없었다. 그는 마음속에 끓어오르는 울분과 원한을 발산할 다른 대상을 찾아다니기 시작했다. 자신은 이미 죽었으니, 누군가를 죽여도 감옥에 갈 일은 없을 것 아닌가.

'죽이고 싶어. 누굴 죽이지?'

얼굴 하나가 떠올랐다. 고등학교 때 자신을 그렇게 괴롭히던 학폭 가해자의 얼굴이었다. 벌써 삼십 년 가까운 세월이 지났건만 자신을 깔아뭉개고 비웃던 그 얼굴을 잊을 수가 없었다. 마침 멀지 않은 지역에서 변호사 사무실을 냈다는 소식을 들었었다.

'변호사 같은 소리 하네. 양심도 없는 자식, 그딴 자식이 잘 먹고 잘사는 건 두고 볼 수 없지. 어떻게든 찾아낸다.'

며칠이 지났을까. 밤이었다. 밤이 되면 그는 유독 기운이 펄펄 나는 걸 느꼈다. 그 자식이 있다는 지역의 변호사 사무실을 이 잡듯 뒤졌다. 틈틈이 눈에 보이는 사람들을 괴롭히며 물리력 연습도 했다. 배가 고파 남의 제삿밥을 훔쳐 먹다 본 주인에게 얻어터지고 쫓겨나기도 했다. 그럴수록 알 수 없는 원한은 더욱 깊어갔다. 그리고 또 며칠 후 드디어 이변, 그놈의 소재를 알아냈다.

깊은 새벽, 술에 취한 이변이 택시에서 내려 비틀거리며 골목을 걷고 있었다. 기회였다. 그는 재빨리 날아가 그놈의 머리채를 잡고 바닥에 내팽개쳤다. 이변이 바닥에 쓰러지자 그의 눈앞에 얼굴을 들이밀고 속삭였다.

"오랫동안 잘도 살았네? 이제 죽자."

술 취한 이변은 눈이 튀어나올 정도로 공포에 뒤덮였다.

'내가 보이나 보다. 잘됐네.'

그는 학창 시절, 자신이 겪었던 폭력을 고스란히 이변에게 되돌려줬다. 숨 쉴 틈 없는 폭력. 이변이 정신을 잃고 더 이상 일어나지 못하자 그는 이변의 몸 위로 드러누웠다. 그리고 이변의 몸을 일으켰다. 빙의마저 성공했다.

그는 이변의 몸을 이끌고 근처 5층 건물의 옥상으로 올라갔다. 올라가면서도 킬킬 웃음이 끊이질 않았다. 그는 이제 텅 비어버렸다. 이변을 죽이겠다는 생각 외에는 아무것도 남지 않았다. 옥상 난간을 넘어가면서도 그는 웃고 있었다. 생명의 위협을 느꼈는지 잠시 이변이 정신 차리려 했지만 제압했다. 이변을 죽여야만 자신의 한이 풀릴 것 같았다. 그는 난간 끝에 서서 잠시 바람을 느꼈다. 얼굴을 스치는 바람이 그리 나쁘지 않았다.

'그냥 이 몸을 가질까?'

그때 그의 의지와 상관없이 이변의 팔이 난간을 꼭 붙잡았다, 놓치지 않겠다는 듯이. 안에서 이변이 발광하고 있었다.

'이 새끼는 안 되겠다.'

그는 다른 손으로 난간을 붙잡은 이변의 손가락을 하나하나 떼어냈다. 한 발은 이미 공중으로 내민 상태였다. 깊은 새벽이라 사람도 없었다. 살겠다는 발광을 제압할 만큼 그의 원한은 깊고 깊었다. 마지막 손가락을 떼어내며 그는 체중을 공중으로 확 실었다.

'드디어!'

이변의 몸이 허공을 갈랐다. 급속도로 몸에 부딪치는 공기를 느끼던 그는 땅에 충돌하기 직전에 몸에서 튀어나왔다.

'으하하. 드디어, 저 자식을 죽였다.'

박살 난 몸에서 이변의 영혼이 스멀스멀 나오려 하자, 그는 서둘러 자리를 떴다. 같은 영혼 상태에서는 봐서 좋을 게 없으니까. 쫄리는 건 아니었지만, 이제 그를 막을 건 아무것도 없었다.

'사람 죽이는 것도 별것 아니네. 그럼 이제 내가 궤찰 제대로 된 몸뚱이를 찾아볼까?'

그때였다. 시커먼 형체가 나타나 날아가던 그의 앞을 가로막았다. 그가 멈출 새도 없이 멱살을 붙잡혀 바닥에 던져졌다. 고개를 들어 보니 머리끝부터 발끝까지 시커먼 사신, 저승사자였다.

"김영호. 46세. 49일 전 자택에서 고독사."

"왜 이제 온 겁니까? 왜 하필 지금……."

"저승의 시험이었다."

"예?"

"네가 살아생전 쌓아온 공덕과 악행의 추가 어느 한쪽으로 뚜렷하게 기울지 않아 사후 49일간 너의 행적을 지켜보았다."

"그, 그럴 수가……."

"생전 마지막으로 사회에 조금이나마 보탬이 되며 공덕을 쌓는가 했더니, 죽자마자 본색을 드러내더구나."

"본색이라뇨? 그건……."

"너를 제어할 어떠한 걸림돌도 없는 상태에서 나타나는 모습, 그것이 너의 본성일 터. 누군가는 죽어서 후회와 미련, 미안함이나 고마움, 후련함을 느끼기도 하지. 하나 네게 남은 건 원망과 원한뿐이더구나."

"……."

"두말할 것 없다. 네가 갈 곳은 이미 정해졌다. 지옥으로 안내하마."

저승의 시험을 통과하지 못한 그는 그렇게 지옥으로 떨어졌다. 그의 몸은 49일이 넘도록 아무에게도 발견되지 못하고, 파리와 구더기에 뒤덮인 채 악취를 풍기며 집에서 홀로 썩어가고 있었다.

그의 생존법

숨이 가쁘다. 컨디션이 점점 나빠진다. 날이 갈수록 시야도 흐려지는 것 같다. 비상용 산소통도 이제 거의 다 떨어져가는데 큰일이다. 오늘도 내 은신처에 돌아오자마자 겉옷과 함께 목까지 뒤집어썼던 비늘 옷도 모두 벗어던졌다. 말이 옷이지 정말 뱀피처럼 보이는 비늘이 달린 쫄쫄이다. 내가 보기에는 징그럽고 답답하지만, 지금 이곳의 인간(인간이라고 부를 수 있을지 모르겠지만)과 비슷하게 보이려면 이깟 불편함쯤은 어쩔 수 없다.

이곳은 미래의 지구다. 내가 살던 시대보다 500년 정도 더 흐른 것으로 추정한다. 정확하진 않다. 타임머신에 500년 미래를 맞추고 이동했는데 거의 다 온 지점에서 기계가 고장 나버렸다. 이곳에서 연도를 세는 기준은 내가 살던 시대의 서력 기원과는 다른 방식이었다. 나는 이 시대에 묶인 채 약 일 년째 돌아가지 못하고 있다.

사실 내겐 돌아갈 방법이 없다. 나는 타임머신을 개발한 과학자가 아니라, 과학자에게 고용된 타임머신 테스트 알바생일 뿐이니까. 지금 이곳으로 오기 전 가까운 미래로 이동하는 테스트를 몇 번 참여했다. 집에 돈이 필요했던 나는 한 번 테스트할 때마다 수천만 원씩 주는 아르바이트를 놓칠 수 없었다. 남보다 먼저 미래를 경험하는 재미도 나름 있었다. 그때는 문제가 없었는데, 이래서 아르바이트생을 썼나 보다. 이렇게 먼 미래까지 와서 삶을 박제당할 줄 알았다면 억대를 부를 걸 그랬다.

어쨌든 대략 추정 500년 사이에 지구가 완전히 변했다. 처음 이 시대에 떨어졌을 때는 지구가 아닌 줄 알았다. 굉장히 척박하고 쪼그라든 느낌이랄까. 일단 지금 이곳은 공기 중 산소 농도가 14퍼센트 이하다. 어쩌면 더 낮을 수도 있다. 처음 이 시대에 떨어졌을 때는 호흡하기 힘들어서 죽는 줄 알았다. 혹시 몰라 몇 박스 챙겨 온 휴대용 산소통이 있기에 망정이지 안 그랬으면 도착 즉시 바로 죽었을 거다.

그래서 그런지 지구 생명체에 엄청난 변화가 일어났다. 가장 충격적이었던 건 인류가 사라진 것이다. 아니, 사라졌다기보다는 변이됐다고 해야 맞겠지. 산소 부족으로 인류를 포함한 포유류가 거의 멸종하다시피 했다. 낮아진 산소 농도에 크게 영향받지 않은 것은 조류 이하의 먹이사슬 개체뿐이었다.

공기 중에 어떤 성분이 생겨서 어떤 영향을 미쳤는지 모르겠지만(난 과학자가 아니니까), 살아남은 소수의 포유류 또한 조류 이하의 개체처럼 신체 일부가 변이되었다. 아마 호흡을 위해서일 것이다. 다만 어떤 개체로 변이되는가는 복불복인 것 같다. 지금은 번식을 통해 유전되는 경우가 대부분이긴 하지만 과거에는 죽기 직전에 갑자기 변하는 경우도 드물게 있었다고 들었다.

처음 곤충 인간을 봤을 때의 충격이란. 타임머신 안이 아니었다면 비명을 참지 못해 주변 곤충 인간을 떼로 불러 모으는, 상상하고 싶지 않은 대참사가 벌어졌을지도 모른다. 그리고 그때, 타임머신 옆을 지나가는 도마뱀 인간과 두꺼비 인간을 보았다. 이미 타임머신이 고장 나버린 상황에서, 내게는 빠르게 삶의 중대한 질문이 생겼다. 앞으로 어떻게 살 것인가.

나와 같은 인간의 모습을 한 인류가 이 시대에는 없다. 현재 이곳에서 나는 초극소수, 아니 유일한 존재다. 그리고 현재 나는 뱀 인간으로 위장해서 살고 있다. 변이된 인간이 절대다수인 세상에서 소수이다 못해 유일한, 게다가 호흡도 제대로 하지 못하는 약해빠진 개체가 어떻게 될지는 불 보듯 뻔한 일이니까.

왜 뱀을 선택했느냐 하면, 현존하는 먹이사슬 중 그나마 상급이라서다. 이 사회에서 최상 계층은 조류 인간이다. 하지만 조류 위장복은 구할 수도 없거니와 조류 인간은 거의 왕족에 가까운 극소수였기 때문에 조류인 척했어도 빠르게 들통났을 거다. 가장 흔한 다수는 곤충 인간이다. 다행히 얼굴은 인간 형태로 남아 있는 경우도 꽤 있다.

그래도 본질은 인간이라 서로를 먹진 않는다. 다만 먹이사슬의 위계 그대로 사회계층을 구성하고 있다는 게 좀 씁쓸하긴 하다. 계층이 없는 시대는 없는 걸까. 분명 오백 년 이상 미래로 왔는데 마치 날 때부터 왕족, 천민이 정해진 조선시대와 다를 바 없다니.

"여러분, 우리는 하나하나 모두가 소중한 존재입니다. 신의 사랑 앞에 만인은 모두 평등합니다."

나는 지금 예배 방송을 하고 있다. 원래는 눈에 띄지 않게 조용히 살려고 했다. 처음에는 먹고살기 위해 편의점 같은 곳에서 일하며 오가는 사람들을 평등하게 대했고, 어쩌다 보니 그들에게 평등을 설파하게 됐다. 이상하게도 사람들은 나를 매우 존경하며 따랐고, 정신을 차리고 보니 종교까지 창시해 버리고 말았다.

내가 살던 시대에서는 이런 걸 사이비종교라 불렀겠지만,

나는 말 그대로 생존을 위해서 하는 거다. 틀린 말도 아닐뿐더러, 종의 평등을 외침으로써 언젠가 내 정체가 밝혀졌을 때 나를 보호해줄 세력을 모으고 있다.

처음에는 작은 몇 명으로 시작했는데, 불과 7개월 사이에 우리 '만인평등교', 만평교는 엄청난 신도를 모았다. 내가 살던 시대의 인구 비율이라면 실버 버튼 정도는 받았을 거다. 상위 계층인 뱀 인간이 개구리 인간들의 일터인 편의점에서 일하며 평등을 외치니 얼마나 많은 이들의 지지와 존경을 받겠는가.

비결은 내가 아니라 이곳 사람들에 있었다. 다행히 이 시대 사람들은 생각보다 다루기가 쉬운 편이다. 산소 농도가 뇌에 영향을 준다고 하던데, 그래서 그런지 사람들이 대체로 꾀가 적고 순박하다. 문제는 나 또한 영향을 받는지 정신이 흐려질 때가 점점 잦아지고 있다. 그렇기에 더욱 빠르게 세력을 확장해야 했다.

내일은 첫 대규모 오프라인 신도 행사가 있는 날이다. 여태껏 나는 주로 온라인 예배를 통해 신도를 모아왔다. 그런데도 알아서 세력을 확장해주는 열성 신도들이 생겨났다. 많은 사람들 앞에 서는 게 두렵긴 하지만, 단단한 신뢰 구축을 위해서는 오프라인 행사를 더 이상 미룰 수 없었다. 모든 건 타이밍이 중요하니까. 수많은 신도들이 내일을 기다리고 있다.

＊

"와아!"

성공이다. 신문화를 접한 사람들의 열띤 함성을 들으며, 내 기획력이 또 한번 빛을 발했음을 느꼈다. 사실 특별한 건 없다. 내가 살던 시대의 팬 미팅 콘서트 형식을 살짝 따왔을 뿐이다. 사회자의 진행에 맞춰 사람들이 춤과 노래를 즐기고, 퀴즈 같은 이벤트에 함께 참여해 동질감을 느끼게 했다. 그리고 나는 마지막에 잠깐 무대에 나가서 인류의 평등을 전파하면 된다. 생존이 최우선인 이 시대에 이런 예술 문화가 사라진 것 같아 살짝 되살렸을 뿐이다.

그런데 왜 이런 행사가 이 시대에 없는지 알 것 같다. 별로 긴장하지 않았는데도 많은 사람들 앞에 서니 흥분도가 올라갔다. 자연히 호흡량이 늘어났고 숨은 더욱 가빠졌다.

'정신 차려, 어리바리한 모습을 보여선 안 돼!'

어쩔 수 없이 물을 마시는 척 마지막 남은 산소통을 흡입하며 버티고 있었다. 그때 저 멀리 군중 사이를 헤치며 다가오는 어떤 무리가 보였다. 이벤트에 이런 기획은 없었는데. 산소가 부족해서 내 눈이 잘못됐나. 당연하지만 오늘 행사에 조류 인간은 없는데 왜 조류 인간들이 보이지?

'설마 나를…… 잡으러 온 건가?'

머리에 경고등이 켜졌다. 세력이 커질수록 조류 인간을 조심했어야 했는데 미처 손을 쓰지 못했다. 그렇다고 이렇게 사람들이 대규모로 모인 자리에 대놓고 등장할 줄은 몰랐다. 현시대 최고 권력자인 독수리 인간이 직접 납시다니. 내가 그 정도로 거물이 됐나.

"거기 뱀! 너, 거기서 꼼짝 마."

독수리 인간이 앞으로 나서더니 콕 짚어 나를 가리켰다. 도망쳐야 할까. 그런데 이제 시야도 흐리고 어지러웠다. 다리도 천근만근 무거웠다. 어설프게 도망치지 말고 무게를 잡을까.

조류 인간 무리가 끼얹은 찬물 덕분에 좌중은 침묵에 휩싸였다. 내가 그토록 평등을 외쳤는데도 독수리 인간의 등장 하나로 이 많은 사람이 나를 비호하기는커녕 찍소리 못 하고 입을 다물고 있다니. 그동안 해온 일이 모두 헛짓이었다는 걸 깨달았다.

나는 도망치지 않는 걸 택했다. 산소통도 끝나가고, 어차피 죽기 아니면 까무러치기다.

"이 자리에 오신 걸 환영합니다. 인간은 모두가 평등하다는 가르침을 들으러 오셨습니까?"

"닥쳐! 더러운 하등동물 주제에!"

최고 권력자의 언어 구사력이 참 저렴하네. 이곳 사람들이 내 말을 알아듣는 것 자체가 신기할 지경이다. 조류 인간들이 날듯이 내게 다가왔다. 저렇게 오는데 이 상태로 어떻게 도망을 친단 말인가. 태연한 척 서 있지만 내 심장은 터지기 일보 직전이었다. 이곳에 와서 이렇게까지 심장이 뛴 적이 없었는데 이러다 산소 부족으로 죽는 건 아닐까 생각했다.

까마귀 인간이 날카로운 손톱이 달린 손으로 내 팔을 붙잡았다. 나는 이미 움직임이 저하되어 피하지도 못했다. 그저 잡힌 상태에서 반사적으로 느리게나마 뿌리치는 동작을 할 뿐이었다. 그 순간이었다.

까마귀 인간의 손톱에, 내 겉옷 소매와 함께 안에 입고 있던 뱀피 옷까지 찢어지고 말았다. 햇빛을 받아 밝게 빛나는 내 맨살이 고스란히 드러났다. 아까와는 또 다른 정적. 이런 식으로 내 정체가 탄로 날 줄은 예상 못 했는데. 이제 나는 이 자리에서 마녀사냥을 당하는 걸까. 이렇게 많은 사람들을 모아놓은 자리가 내 죽을 자리였을 줄 누가 알았겠는가.

이렇게 된 거 이판사판이다. 나는 그냥 웃통을 벗고 뱀피 옷을 모두 벗어던졌다. 모두의 앞에서 내 피부를 드러낸 것이다. 여기서 포인트는 두려운 기색이 전혀 없는 당당한 태도였다.

'죽일 테면 죽여보라지.'

그때 독수리 인간의 입에서 황당한 소리가 들렸다.

"타, 탈피?"

그러자 군중 속에서 하나둘 외침이 들려왔다.

"탈피다!"

"교주님이 탈피하셨다!"

그리고 여론이 형성되어갔다.

"완전한 인간이야?"

"고대 자료에서나 보던 완전한 인간이다!"

"교주님은 완전해! 독수리님보다 최상위야!"

여기는 약육강식의 세계가 아니라 그냥 외모지상주의였던 건가. 당연히 독수리 인간은 반발했다.

"이놈은 그냥 사기꾼이야!"

그러나 모두가 변이되지 않은 인간의 모습을 보고 있으니 그 말이 먹힐 리가 없었다. 마침 구름 사이로 햇살이 뻗어 나와 마치 스포트라이트를 쏘듯이 내 주변을 환히 밝혔다.

"드디어 완전한 인간이 탄생했다! 교주님은 우리의 신이고 미래다!"

내 열성 신도 중 하나가 외쳤다. 이 말에 사람들이 하나둘 내게 무릎 꿇기 시작했다.

'잠깐만, 분위기 왜 이래. 나를 신으로 몰아가지 마!'

그러나 이 분위기에 휩쓸렸는지 눈치를 보던 조류 인간들도 하나둘 무릎을 꿇기 시작하더니, 급기야 끝까지 망설이던 독수리 인간마저 내게 고개를 숙이며 말했다.

"당신이 완전한 인간이라면 우리를 이끌어주세요."

나는 이런 걸 원한 게 아니었다. 내가 이런 식으로 최고 권력자가 되어봤자 안전이 보장되는 건 아니다. 오히려 감시의 눈 속에서 살게 되겠지. 완전한 인간을 만들겠다고 내 유전자를 노리는 건 아닐까? 밤마다 조류 인간부터 파충류, 양서류, 곤충 인간까지 내 침실에 기어들어 올 걸 상상하니 확 죽고 싶었다.

내가 비틀거리자 모두가 놀라 탄성을 내뱉었다. 방금 나를 잡아챘던 까마귀 인간마저 나를 유리공예 작품 취급하며 손대면 깨질까 어쩔 줄 몰라 했다. 나는 그렇게 신격화되어 독수리 인간의 비호를 받으며 최고 권력자들이 대대로 살아온 궁으로 모셔지고 말았다.

*

내가 살던 시대에서도 받아본 적 없는 최고의 대우를 한 몸에 받고 잠자리에 든 그날 밤. 나는 결국 숨이 넘어가고 있다. 이제 한계다. 뭐, 이런 날이 올 줄은 알았다. 그나마 최고의 대우를 받고 나서 가는 거니 운이 아주 나쁘진 않다고 해야 할까. 뇌가 녹아내리는 것 같았다. 찢어질 듯 거친 내 들숨 날숨이 간헐적으로 들렸다. 이미 용광로처럼 뜨거운 내 몸 안에서 내장 찢기는 느낌마저 들었다.

"쌔액…… 쌔액……."

'아, 이렇게 가는 건가.'

그때였다. 정신을 잃기 직전, 이상한 소리가 들렸다. 푸슉 바람 빠지는 듯한 소리가 가슴과 배 쪽에서 들렸다. 그리고 갑자기 숨이 편해지면서 정신이 돌아오기 시작했다. 왜지?

내 몸을 내려다본 나는 그대로 숨을 멈추고 싶었지만 제멋대로 숨이 쉬어졌다. 가슴부터 배까지 좌우 양쪽으로 무려 열 쌍의 기문이 생겨버린 것이다.

'아, 곤충 쪽인가? 젠장.'

원치는 않았지만 신격화된 지 하루도 못 채우고 벌레 인간으로 곤두박질치다니, 내 인생도 참. 이제는 한 톨만큼 남아 있던, 원래 내가 살던 시대로 돌아갈 기대 따위는 완전히 사라졌다.

'그나저나 거울 보기가 무섭다. 제발 얼굴만은…….'

그러나 거울을 보자 모든 기대가 깨졌다. 흘깃 봐도 내 얼굴에 없어야 할 시커멓고 기다란 뭔가가 달려 있었다. 하필 나는 벌레 중에서도 극혐 유발인 바퀴벌레 쪽인가 보다.

"아, 이번 생도 망했다!"

생명이 열리는 나무

    그 나무는 커다란 아름드리나무였다. 정확한 품종은 알 수 없었다. 봄이 지나 여름의 문턱인데도 나무는 이파리 하나 없이 가지만 앙상해서, 멀리서 실루엣만 보면 마치 죽은 나무처럼 보였다. 그러나 어느 정도 가까이서 보면 절대 죽은 나무로 볼 수는 없었다. 나무의 색깔 때문이었다. 가장 특이한 건 나무의 몸통이었는데, 그 두꺼운 줄기가 보통 나무들처럼 마른 껍질을 가진 갈색이 아니라 촉촉함마저 느껴질 정도의 짙은 녹색을 띠었다. 그래서인지 나무를 잘라버리자고 나서는 사람이 딱히 없었다. 그렇게 얼마인지 모를 세월 동안 그 자리를 지켜온 나무였다.

    그 나무가 있는 야트막한 언덕 아래에는 단독주택이 한 채 있었는데, 얼마 전 그 집에 50대 부부가 노모와 함께 이사를 왔다. 6년째 치매 노모를 모시고 있는 이 부부는 아파트에서 살다가 이웃들에게 피해를 주게 되어, 오랜 분쟁과 고민 끝에 사람이 뜸한 동네에 있는 단독주택으로 거처를 옮긴 것이다.

노모는 아내의 엄마였고 아내는 외동딸이었다. 본래 아내도 일을 했으나, 엄마가 치매에 걸리고 난 후 일을 접고 집안일을 하며 노모를 돌보았다. 생계는 사업하는 남편이 온전히 책임지기로 했지만 먹고살기에는 충분했다. 다만, 남편은 주거지를 아예 옮길 수가 없어 어쩔 수 없이 이들은 주말부부를 하기로 했다.

이사 온 첫날부터 노모는 그 나무를 마음에 들어 했다. 노모의 방 창문으로 나무가 보였는데, 창문에서 보면 그것이 세상의 전부인 것처럼 보였다. 이전 집에서는 한눈만 팔면 노모가 집을 나가는 바람에 찾으러 다니는 일이 잦았는데, 이곳에서 노모는 다른 사람이 된 것처럼 온종일 창밖만 바라보았다.

이튿날 딸은 노모를 나무 앞으로 데려갔다. 노모는 가지만 앙상한 나무가 뭐가 그렇게 좋은지 함박웃음을 띠고 "예쁘다"를 반복하며 하염없이 나무를 바라보았다. 그렇게 해서 딸의 일과에는 노모를 나무 앞으로 데려가는 일이 추가되었다.

딸은 오히려 좋았다. 노모가 어디에서 무슨 일을 할지 몰라 불안한 것보다 훨씬 나았다. 점점 심해지던 자신의 우울증도 조금씩 나아질 것 같았다.

　며칠 지나지 않은 어느 날이었다. 딸이 마당 한쪽에 있는 텃밭을 손질하고 있는데, 함께 마당에 나와 있던 노모가 갑자기 소리를 빽 질렀다. 놀란 딸이 달려와 보니 마당 한쪽 구석에 참새 한 마리가 죽어 있었다. 노모는 아이처럼 발을 동동 구르며 안타까워했다.

　"가엾다, 가여워."

　"엄마, 우리가 가서 저 나무 밑에 묻어줄까?"

　노모는 손뼉까지 치며 기뻐했다. 딸은 죽은 참새를 신문지에 곱게 싸서, 노모의 손을 잡고 함께 나무 밑으로 가져갔다. 딸은 왠지 그 나무가 꺼림칙했다. 일반적인 나무와 달리 몸통이 녹색인 것도 그렇고, 왠지 모르게 식물이 아니라 동물에게서나 느낄 법한 생명력이 느껴졌달까. 하지만 노모는 정반대로 나무줄기를 어루만지며 연신 "예쁘다"고 말해주었다. 나무가 알아듣기라도 하는 것처럼.

　딸은 재빨리 챙겨 온 모종삽으로 나무 밑의 땅을 조금 판 후, 노모가 볼 수 있게 주의를 끌고 참새를 묻었다. 흙을 단단히 덮고 마무리하자 노모는 다시 나무를 어루만지며 말했다.

　"좋은 양분 먹고 건강해져라."

　반면 얼른 나무로부터 떨어지고 싶었던 딸은 내일 또 오자며 노모의 손을 잡고 서둘러 집으로 돌아왔다.

다음 날, 눈을 뜨자마자 노모가 나무에게 가자고 졸랐다. 딸은 별로 가고 싶지 않았지만, 데려가지 않으면 노모가 어떤 돌발 행동을 할지 몰라 할 수 없이 집을 나섰다. 가까이는 가지 않고 근처에서 지켜보기만 할 생각이었다. 그런데 잎 하나 없이 민둥했던 나뭇가지에 못 보던 돌기 하나가 자라나 있었다. 의아했지만, 식물의 생명력은 무시할 수 없다는 걸 알기에 "살아 있는 나무가 맞긴 하네." 하며 그러려니 했다.

"참새 묻어줘서 그런가 보다."

노모가 말했다. 참새를 묻은 일은 잊지 않고 기억하고 있었다. 하루 사이에 참새가 썩어 나무에 흡수됐을 리는 없지만, 딸은 그런가 보다 하며 맞장구쳐주었다. 노모는 나무를 바라보며 "잘했다"를 연발했다.

문제는 그다음 날이었다. 어제는 분명 돌기였는데 오늘은 뭔가 막에 싸인 둥그런 형체가 마치 열매처럼 나뭇가지에 달려 있었다. 하루 만에 이럴 수가 있나 싶었지만, 당최 무슨 열매인지 알 수가 없었다. 높은 가지에 달려 있어 정확하게 보이지는 않았지만, 안쪽에 갈색빛이 돌고 반투명한 녹색 막에 싸여 있는 것 같았다. 노모도 저런 열매는 처음 본다며 기대에 찬 눈빛을 하고 또 한참을 바라보았다.

다음 날 아침, 딸이 눈 떠 보니 노모가 보이지 않았다. 놀란 딸이 부리나케 노모를 찾으러 나가려다 혹시나 해서 창밖을 보았다. 노모가 나무 아래에 있는 게 보였다. 놀란 가슴을 쓸어내리며 딸은 서둘러 나무로 향했다.

　다가가는 길에 보니 노모가 두 손에 뭔가를 소중히 들고 있는 것 같았다. 뭘 들고 저러나 싶던 딸은 가까이 가서는 두 눈을 의심했다. 노모가 소중히 들고 있는 것은 방금 알에서 막 나온 것 같은 새끼 참새였다.

　"땅에 열매가 떨어져 있었는데 얘가 거기서 나왔어."

　나무 열매에서 참새가 나오다니 말이 되는가. 하지만 어제 열매가 달려 있던 가지에는 정말 아무것도 없고, 땅에는 찢어진 막의 잔재도 보였다.

　"이게 대체……."

　믿을 수 없었지만 지금 노모의 손에는 눈도 못 뜬 새끼 참새가 들려 있으니, 어떻게 된 일인지 모르겠다.

　"엄마, 일단 새 먹이부터 구해야겠다. 집에 가자. 잘 들고 갈 수 있죠?"

　노모는 고개를 끄덕이며 새끼 참새를 소중하게 품에 안았다. 한동안 노모는 참새 육아에 완전히 빠져버렸다. 가끔 노모가 잊어버릴 때는 딸의 몫이었다. 새끼 참새를 키우는 일은 쉬운 일이 아니었다. 따뜻한 온도를 유지하고, 낮이고 새벽이고 두 시간마다 먹이를 주어야 했다. 그 모든 뒷바라지를 딸이 도맡았다.

그렇게 삼 개월쯤 지나 참새를 자연으로 방생할 준비를 마쳤을 무렵이었다. 노모와 함께 집을 나섰는데 집 앞 전봇대 밑에서 죽어 있는 고양이를 발견했다. 딸은 못 본 척하고 싶었지만, 노모는 또 그 나무 밑에 묻어주자고 졸랐다.

'참새가 어디서 나왔는지는 모르지만 나무랑은 상관없을 거야.'

딸은 이전 일을 애써 합리화 하며 노모의 말을 따랐다. 그래도 생명체였는데 쓰레기로 버리는 건 좀 아닌 것 같고, 마땅히 처리할 방법도 없었기 때문이다.

고양이를 나무 밑에 묻고 일주일쯤 지났을 무렵이었다. 민둥한 나뭇가지에 또 열매 같은 게 달렸다. 이번엔 크기가 더 컸다. 색깔도 달랐다. 얼룩무늬였다.

"저게 대체 뭐야?"

딸은 불길한 기분이 들었지만, 이번에도 노모는 기대에 가득 차 있었다. 나무 밑에서 밤을 지새울 기세였다. 딸은 노모를 잘 달래서 아침 일찍 다시 오기로 약속한 후 겨우 집으로 돌아왔다.

다음 날 동이 트자마자 노모는 딸을 깨워 나무로 향했다. 나무 밑에 도착한 딸은 두 눈을 믿을 수가 없었다. 바닥에 떨어져 있는 열매가 꿈틀거리고 있었다. 노모는 딸의 손을 놓고 가까이 다가갔지만, 딸은 뒷걸음쳐 거리를 두었다. 꿈틀거리던 열매 막이 이내 찢어졌다. 그리고 안에서 나온 것은 새끼 고양이였다.

"죽은 걸 묻으니까 아기가 나오네?"

새끼 고양이를 품에 안은 노모의 깨달음에 딸은 소름이 돋았다.

"엄마, 저 나무…… 좀 이상해. 그냥 가자."

"뭐가 이상해. 기특한데."

그러면서 노모는 나무를 쓰다듬으며 "잘했다"를 연거푸 말했다.

이번엔 새끼 고양이 육아에 온 힘을 기울였다. 가끔 내려오는 남편도 완전히 믿는 눈치는 아니었지만 신기해하며 고양이 키우는 데 힘을 보탰다.

그러던 어느 날, 정신이 잠깐 돌아온 노모가 딸에게 물었다.

"지선아, 고양이 말고 네 새끼를 키워야지. 네 새끼 갖고 싶지 않아?"

"애를 어떻게 키워. 낳지도 못하는데."

사실 딸은 결혼 전부터 아이를 원했다. 그러나 결혼 후 오래도록 아이가 생기지 않아 검사해본 결과 남편이 무정자증이었다. 부부는 결국 아이를 포기했다. 딸의 대답에 노모는 한동안 말이 없었다. 그러다 치매 증상이 다시 도진 듯 노모의 세상은 고양이 키우기 쪽으로 돌아갔다.

며칠 후 노모가 사라졌다. 아침에 딸이 눈을 뜨면 노모가 보이지 않는 경우가 종종 있었지만, 늘 멀지 않은 곳에서 찾을 수 있었다. 하지만 이번엔 달랐다. 노모는 나무 밑에도, 근처 이웃집에도, 어디에도 보이지 않았다. 마침 주말이라 내려와 있던 남편을 깨워 노모를 찾아 나서자 했다. 그런데 남편의 반응이 이상하게 뜨뜻미지근했다.

"당신 지금 왜 이래? 엄마 찾기 싫어?"

"아니야, 내가 뭘."

"한시가 급해죽겠는데 느려터졌잖아. 찾기 싫으면 관둬. 나 혼자 찾을 거야."

"아니……. 이 시골에서 어딜 가셨겠어. 팔찌에 연락처 있으니까 누군가 보면 연락하겠지."

"그게 지금 할 말이야?"

아내의 화에 남편은 별말이 없었다. 마지못한 느낌이었지만 함께 노모를 찾으러 다녔다. 주말 내내 찾아다녀도 노모는 어디에도 없었다. 남편은 할 수 없이 아내를 두고 사업장으로 올라갔다. 혼자 남겨진 아내는 경찰에 실종 신고를 하고도 날마다 미친 듯이 노모를 찾아다녔다.

집으로 다시 내려와 남편이 본 아내의 모습은 일주일 사이에 완전히 변해 있었다. 정신이 거의 나가 있었고 식음을 전폐한 듯 바싹 마른 모습이었다. 새끼 고양이도 먹이를 찾아 집을 나가버렸는지 보이지 않았다.

"여보, 미안해. 내가 잘못했어."

남편은 충격을 받았는지 아내에게 사과했다. 아내는 말이 없었다. 그런데 남편이 무릎까지 꿇고 빌기 시작했다.

"어머니가 말하지 말라고 했어도 당신한테 말했어야 했는데. 내가 죽일 놈이야."

"그게…… 무슨 말이야?"

*

보름쯤 전이었다. 남편은 노모로부터 전화를 받았다.

"어머니, 웬일이세요?"

"김 서방, 이번 주에 내려올 거지?"

"네, 그럼요."

"부탁이 하나 있어. 지선이한테는 비밀이야."

"부탁이요? 뭔데요?"

내려오면 말해주겠다며 노모는 전화를 끊었다. 남편은 궁금했지만, 노모가 곧 잊어버릴 수도 있다는 생각에 대수롭지 않게 여겼다. 그러나 남편이 내려갔을 때 노모는 또렷이 기억하고 있었다. 노모는 나무에 가자고 했다. 김 서방하고만 가겠다며 아내를 떼어놓고는 남편에게 삽을 챙겨 오라고 했다.

"삽이요?"

"응, 나무 밑에 구덩이 좀 파줘."

"구덩이요? 왜요?"

"구덩이에서 움막 짓고 고양이랑 놀 거야."

"그런데 왜 집사람한테는 비밀이에요?"

"더럽다고 못 하게 하잖아. 땅이 뭐가 더럽다고. 김 서방이 도와줘."

남편은 난감했지만 거절하지 못했다. 노모가 가리키는 대로 나무 뒤편에 노모가 들어가 앉을 수 있을 크기로 구덩이를 파고 흙을 다졌다. 둘만의 비밀이라고 노모는 해맑게 웃었다. 다음 주 주말이 다가올 때쯤, 또다시 노모에게 전화가 걸려왔다. 비슷한 내용의 전화였다.

"어머니, 이제 전화 잘하시네요."

"김 서방, 부탁이 있어. 지선이한테는 비밀이야."

"하하, 이번엔 또 무슨 비밀이에요?"

노모는 이번에도 내려오면 말해주겠다고 했다. 다만, 이번에는 새벽 일찍 내려오라고 했다. 나무 앞에서 만나자면서. 남편은 조금 귀찮았지만 노모의 말대로 새벽 일찍 내려갔다. 아내는 아직 자고 있을 것 같아 집에 들르지 않고 나무 앞으로 곧장 갔다. 그런데 노모가 보이지 않았다. 남편은 혹시 몰라 나무 뒤편으로 갔다. 움막을 만든다던 노모의 말과는 달리 아무엇도 보이지 않았다. 대신 구덩이 안에 노모가 몸을 둥그렇게 말고 누워 있었다.

"어머니! 왜 여기 누워 계세요?"

남편이 놀라 노모를 흔들었다. 그런데 노모를 만지는 순간 다리에 힘이 풀려 주저앉고 말았다. 노모는 이미 죽은 채 몸이 딱딱하게 굳어 있었다. 노모 옆에는 빈 제초제 병이 쓰러져 있었다.

"아……. 어머니, 저한테 왜 이러세요!"

어쩔 줄 몰라 하는 남편의 눈에 노모의 손에 들린 종이가 들어왔다.

'김 서방, 미안해. 나 때문에 지선이가 고생을 너무 많이 해서 예쁜 아기를 주고 싶어. 이 나무가 아기를 보내줄 거야.'

아기 열매가 열릴 때까지 절대 아내에게 알리지 말고, 자신을 이 나무 밑에 그대로 묻어달라는 노모의 유서였다.

남편은 미칠 노릇이었다. 나무가 어떻게 아기를 보내준다는지 이해가 되지 않았지만, 이미 노모는 목숨까지 바친 상태였다. 남편은 도저히 유서를 무시할 수가 없었다.

*

"그래서 엄마를 그대로 나무 밑에 묻었다고? 제정신이야?"

금방이라도 쓰러질 것처럼 보였던 딸은 어디서 기력이 났는지 자리에서 뛰쳐나갔다.

"저놈의 나무 내가 불살라버릴 거야!"

딸은 기름과 라이터를 들고 한달음에 나무 밑으로 달려갔다. 그러나 나무에 불을 붙일 수 없었다. 민둥한 나뭇가지에 또다시 작은 돌기가 생겨난 걸 보고 말았기 때문이다.

"하, 진짜…… . 엄마!"

딸은 나무 밑에 주저앉아 펑펑 울었다. 남편은 위로조차 할 수 없었다. 그저 말도 안 되는 노모의 희망을 담은 그 작은 돌기를 바라볼 뿐이었다. 돌기처럼 솟아난 열매는 날마다 커져서 몇 주 사이에 수박만 해졌다. 열매가 커질수록 나뭇가지가 부러질 것처럼 위태로워 보였다. 혹시라도 못 본 사이에 열매가 떨어질까 봐 전전긍긍하던 딸은 아예 나무 밑에 살림을 차렸다.

그런데 딸이 지켜보니 나무가 이상했다. 왠지 모르게 나무가 점점 말라가는 느낌이었다.

'고통스러운 건가?'

딸은 열매가 잘못될까 노심초사였다. 그러나 가끔 물을 퍼다 줄 뿐 자신이 할 수 있는 건 딱히 없었다. 노모가 땅에 묻힌 지 한 달 후, 드디어 열매가 떨어졌다. 떨어졌다기보다는 가지가 열매를 내려주듯 떨구었다. 딸과 그 남편은 모든 과정을 눈으로 보면서도 믿기 어려웠다. 하지만 믿어야 했다. 엄마의 바람대로 나무에서 아기가 나와야 하니까.

열매를 받아 든 지선은 서둘러 열매의 막을 찢었다. 그리고 둘 다 입을 다물지 못했다. 정말 갓난아기가 들어 있었다. 눈도 뜨지 못한 아기는 울지도 않고 숨을 몰아쉬었다. 재빨리 아기를 포대기에 감싸안은 딸은 나무를 바라보았다. 나무는 할 일을 마쳤다는 듯이 가지를 모두 축 늘어뜨렸다. 그리고 그대로 갈변해버렸다. 이제야 평범한 나무처럼 보였다.

집에 돌아온 부부는 목욕물을 준비해서 아기를 씻기고 분유를 준비했다. 슬픈 와중에도 아기를 갖게 되자 부부는 희망이 움트는 걸 느꼈다. 엄마의 목숨과 바꾼 아기니까 정말 잘 키우리라 딸은 다짐했다. 그런데 아기가 좀 이상했다. 한 번도 울지 않았다. 젖을 달라고 보채지도 않았다.

"나무에서 나온 아기라 그런가?"

그 의문은 아기가 눈을 뜨고 나서 풀렸다. 눈을 뜬 아기는 눈동자를 움직여 부부를 바라보았다. 그리고 말했다.

"지, 지선아…… 김 서방……."

부부는 한동안 아무 말도 할 수 없었다.

전국불운자랑

첫 번째 참가자가 무대 위로 등장했다. 그는 50대 나이에 머리가 새하얗게 세버린 자그마한 여자였다. 참가자가 자리에 앉아 입을 열기 전까지 객석은 침묵에 잠겨 있었다. 자신의 불운한 인생을 수많은 사람이 보는 앞에서 드러내게 된 상황 때문일까. MC의 질문에도 첫 번째 참가자는 마이크를 들고 한참 동안 입을 떼지 못했다. 마이크가 10킬로그램쯤 되는 것처럼 잡은 여자의 손이 덜덜 떨렸다. 여자의 갈라진 목소리가 들리자 방청객들은 그제야 참았던 숨을 내쉬었다.

여자의 키워드는 '목숨보다 소중한 것을 잃고'였다.

전국불운자랑이 열렸다.

전국노래자랑도 아니고 무슨 이런 대회가 있느냐며 사람들은 주최 측이 어디인지 궁금해했지만, 철저히 비공개였다. 그러나 아주 큰 행사인 것만은 분명했다. 전국에 대대적인 홍보가 쏟아졌고, 대회는 인터넷에 생중계될 예정이었다.

나도 사는 것이 퍽퍽한데 남의 불운 들어서 뭐 하냐고 말하는 사람도 많았다. 하지만 우승 상품이 공개되고 나자 분위기가 바뀌었다. 대상의 상품이 무려 '무엇이든 소원권'이었다. 로또 1등만큼의 상금을 원해도, 돈이 아닌 것을 원해도 만족할 만큼 해준다는 것이었다. 우승 아래의 상들도 몇천만 원대의 상금이 걸려 있었다. 이 대회의 캐치프레이즈는 '불운한 이에게 행운을!'이었다.

사람들은 반신반의했지만 밑져야 본전이라며 너도나도 참가 의사를 밝혔고, 예선은 말 그대로 인산인해를 이루었다. 전국은 물론 해외에서까지 모여들어 예선만 일주일이 걸렸다. 참가한 사람이 워낙 많기도 했고 이야기를 들어야 하는 행사 특성 때문이기도 했지만, 말하는 도중에 감정이 격해져서 울음바다가 되는 경우도 부지기수였기 때문이다.

그렇게 무시무시한 경쟁률을 뚫고 본선에 오른 10명이 선

공개됐다. 어디에서도 볼 수 없었던 대회인 데다 각 인물에게 달린 키워드까지 공개되자 사람들의 호기심은 날로 커졌다. 평가 점수에 시청자투표가 포함된다는 소식에 '어디 들어나 보자' 하며 방송을 기다리는 사람이 늘어만 갔다. 본선 방청에 대한 열기도 뜨거웠다. 티켓 오픈 당일에는 티케팅 사이트가 폭주로 인해 접속이 안 될 지경이었다. 티케팅에 성공한 사람들이 불운자랑대회에 가게 된 자신의 작은 행운을 SNS에 자랑하는 아이러니가 유행처럼 번지기도 했다. 그러나 사람들이 가장 궁금해하는 것은 '무엇이든 소원권'을 누가 어떻게 사용할지였다.

대회는 인기 아이돌의 콘서트를 방불케 하는 커다란 공연장에서 열렸다. 그와 반대로 객석 분위기는 다소 차분했다. 다른 사람의 불운한 이야기를 듣는 자리니만큼 방청객도 어느 정도의 예의를 지키고자 했다. 휴지와 손수건을 준비한 사람도 다수 눈에 띄었다.

첫 번째 참가자 김은주 씨의 이야기가 시작되었다.

"저는 태어나자마자 부모에게 버림받았습니다."

어릴 적 기억은 보육원에서 시작됐다. 그곳은 보육원을 가장한 아동 수용소였다. 은주 씨는 그곳에서 빠져나오고 나서야 보육원이란 곳이 배고픔과 학대가 일상인 곳이 아니라는 걸 알게 됐다.

10살이 되기 전에 은주씨는 3번이나 입양됐다가 파양당했다. 은주 씨가 잘못해서가 아니었다. 은주 씨는 사랑받기 위해 최선을 다했다. 보육원으로 돌아가지 않기 위해 갖은 애를 썼다. 그러나 첫 번째 양부모는 은주 씨를 입양한 후 일 년도 채 되지 않아 사고로 세상을 떠났다. 두 번째는 양부모가 이혼하면서 아무도 은주 씨를 책임지려 하지 않았다. 세 번째 양부모는 은주 씨를 장난감처럼 취급하며 학대를 일삼아 은주 씨 스스로 집에서 도망쳐 나왔다. 다른 보육원으로 보내질 법도 한데 이상하게도 파양 후 늘 같은 보육원으로 가게 되었다.

청소년기를 보내는 동안 원장에게 밉보이지 않기 위해 보육원의 온갖 궂은일을 도맡아 했다. 교육도 제대로 받지 못했다. 원장의 갖은 학대와 그와 동조한 직원들의 이유 없는 폭력을 버텨가며 다른 아이들보다 더 많은 노동을 했다. 폭력에 시달리던 은주 씨는 결국 그곳을 도망쳐 나왔다. 경찰에 신고해 봤자 원장의 입김이 미치는 작은 지역이라 제대로 수사하지 않을 게 뻔했다. 은주 씨에게 어른이란 결코 믿을 수 없는 존재였다. 은주 씨는 보육원이 있는 지역에서 멀리멀리 벗어났다. 살아야 했다.

이 정도만 해도 너무나 불운한 인생이지만, 은주 씨의 불행은 여기서 끝나지 않았다. 가족 없는 어린 여자가 사회에서 살아남기란 사막 한가운데서 무리에게 버림받은 어린 미어캣과 같았다. 어렵게 얻은 일터에서는 차별과 부당함을 견뎌야 했고, 겨우 마련한 고시원 쪽방에서는 동네 사람들의 무시와 편견을 참아내야 했다. 하지만 이 정도는 그 당시 가난했던 많은 여자들이 겪는 일이라 불운 축에 끼지도 않았다.

아무도 믿지 못하던 은주 씨에게 어느 날 사랑이 찾아왔다. 다정한 남자였다. 인생에서 처음 겪는 따스함이었다. 결혼식도 올리지 못했지만 둘은 행복했고, 얼마 지나지 않아 곧 아이도 생겼다. 그렇게 은주 씨의 인생에도 봄날이 오는 것 같았다. 그러나 아이가 태어나고 한 달도 되지 않아 남편이 일하던 건설 현장에서 추락해 사망하고 말았다. 남편의 사망에 넋 놓을 틈도 없었다. 갓난아이를 데리고 먹고살 길이 막막했지만 은주 씨는 가리는 일 없이 아득바득 일하며 억척같이 살았다. 아이 때문에 버티는 삶이었다.

"그런데…… 처음으로 보내준 수학여행에서 제 목숨보다 더 소중했던 아이가 제 곁을 떠났습니다. 너무너무 가고 싶어서 보내준 건데……. 나쁜 엄마가 되더라도 보내지 말았어야 했어요."

은주 씨는 그 사고로 유일한 가족이자 인생에서 처음으로 갖게 된 핏줄마저 잃었다. 은주 씨가 어떻게 할 수도 없었다. 바다 한가운데로 비행기가 떨어지는 모습을 은주 씨는 일하던 가게에서 뉴스로 보고서야 알게 됐기 때문이다. 바로 사고 현장으로 달려갔지만 아이를 태웠던 비행기는 바닷속에 있다고 했다. 그런데 이상하게도 구조 작업이 제대로 진행되지 않았다. 은주 씨는 그때 아이와 함께 자신도 세상을 떠났다고 생각했다. 나중에 알고 보니 정치적인 문제 때문이었다. 피해자 유가족들이 모여 책임 규명에 나섰다. 그러나 일부 세간과 언론에서는 유가족들을 아이들의 죽음을 파는 파렴치한으로 몰아갔다.

은주 씨는 죽고 싶었다. 살면 안 되는 사람이 살아서 이 모든 일이 벌어진 것 같았다. 그러나 죽지도 못했다. 여러 번 시도했지만 그때마다 누군가에게 발견되어 살아났다. 그것마저 불운처럼 느껴졌다. 사는 게 사는 게 아니었지만 결국, 모든 것들을 견디며 은주 씨는 10년이 넘은 지금도 진상규명을 외치고 있다고 했다. 오로지 제대로 구조받지 못하고 죽은 아이를 위해서.

울음기 섞인, 그러나 마지막까지 덤덤한 은주 씨의 목소리에 객석은 이내 눈물바다가 됐다. 첫 번째 참가자의 사연부터 이렇게 슬픈데 다음 참가자들의 불운을 어떻게 들어야 할지 다들 마음을 다스리기가 쉽지 않았다. 결국 5분간 휴식 후, 다음 참가자가 무대 위로 올랐다.

두 번째 참가자는 30대 남자 박영수 씨였다. 그는 전동 휠체어를 타고 등장했다. 그의 키워드는 '몸 성한 날 없는'이었다.

"저는 현재 장애를 가졌지만, 그 자체가 불운하다는 건 아닙니다. 지금까지 제가 살아남은 이야기를 들어보세요. 제 인생은 목숨을 건 서바이벌 게임이었습니다."

영수 씨는 태어난 지 14개월이 되었을 때 걸음마를 하다가 미끄러져 다리가 부러졌다. 엄마가 참다 참다 잠시 화장실을 간 사이에 벌어진 일이었다. 3살 때는 서랍을 밟고 올라서다 떨어져 뇌진탕이 왔다. 처음에는 멀쩡해 보였던 탓에 병원에 늦게 이송되었고, 동공이 풀리고, 발작을 일으키고 나서야 진료를 받게 되어 일부 인지력이 저하되는 뇌 손상을 입었다. 유치원 때는 율동하다가 팔이 빠졌다. 초등학교에 들어가서는 복도에서 뛰다가 넘어져 계단에서 굴렀다. 팔다리 골절은 물론이고 목뼈가 부러질 뻔했다. 뒤로 넘어져도 코가 깨지는 이상을 매번 겪자 영수 씨는 조심조심 몸을 사리기 시작했다. 일진 근처에는 얼씬하지도 않았지만, 어쩌다 한번 일진에게 한 대 맞았다가 갈비뼈 6대가 부러져 학교에도 '유리 몸'으로 소문나버렸다. 이후 영수 씨 근처에는 아무도 얼씬거리지 않았다. 불행한 삶이었다.

수능을 보고 돌아가던 날은 교통사고를 당했다. 파란불에 건널목을 건너는데 신호위반을 하며 폭주하던 차에 받혔다. 영수 씨는 정말 죽다 살아났다. 혼수상태에서 1년 2개월 만에 눈을 뜬 것이다. 그리고 병원에서 7주나 더 있어야 했다. 왼쪽 몸에 마비가 와서 재활을 계속해야만 했다. 온몸의 뼈가 다시 붙었다 해도 과언이 아니었다. 어느 정도 회복한 후에는 수능도 다시 봐야 했다.

대학에 들어가서는 더욱 조심히 생활했다. 잠시나마 여자 친구도 생겼다. 그러나 이번에는 질병이 찾아왔다. 첫 데이트 하던 날, 같이 즉석 떡볶이를 먹었는데 영수 씨 혼자만 식중독에 걸렸다. 처음으로 여자 친구와 스킨십을 나눈 다음 날에는 원인 모를 피부병에 걸렸다. 영수 씨는 결국 이별을 당하고 말았다. 취업 준비를 하던 중에는 위암 판정을 받아 위의 3분의 2를 절제해야 했다. 항암과 재활에 몇 년의 시간을 보냈다. 늦었지만 다시 취업 준비를 해볼까 하는데 이번에는 근육이 녹아내리는 '횡문근융해증'이 발병해 하체 근육이 빠지고 신부전증까지 와버렸다.

"저는 아직까지 제대로 된 사회생활을 해본 적이 없습니다. 제가 세상에서 제일 부러워하는 사람은 건강한 사람입니다."

그렇게 말하며 웃는 영수 씨를 보자, 방청객들은 당연해서 의식하지도 못했던 자신의 건강을 감사히 여기게 됐다. 어딘가 아파본 사람만이 느끼던 건강의 소중함을 모두가 느끼게 된 것이다.

이후 등장한 참가자들의 사연도 만만치 않게 불운이 가득한 인생이었다. 어릴 적 아버지의 파산으로 가족이 뿔뿔이 흩어져 부모가 어디로 갔는지 모르고, 단 한 번도 끼니 걱정을 하지 않은 적이 없었으며, 수돗물과 전기도 들어오지 않는 폐가에서 지낸 키워드 '생존을 위한 발버둥' 참가자도 있었다. 그는 성인이 되는 동안 안 쓰고 안 먹으며 악착같이 모아두었던 월세 보증금마저 도둑맞고 희망을 잃었다고 했다. 또한 성인이 되자마자 억울한 누명을 쓰고 수사 과정에서 있었던 고문을 버티지 못해 허위 자백하는 바람에 30년 인생을 감옥에서 통째로 날린 키워드 '억울한 누명 30년'의 참가자까지 등장했다.

참가자들이 자신의 이야기를 털어놓을 때마다 방청객들은 자신이 얼마나 운 좋은 삶을 살았는지 절실하게 깨닫게 되었다. 생방송 중인 사이트에는 '참가자들이 아니라 방청객들에게 깨달음을 주기 위한 대회였냐'는 댓글마저 달렸다.

드디어 모든 참가자의 사연 소개가 끝나고, 투표의 시간이 다가왔다.

"심사위원 점수 10퍼센트, 문자 투표 10퍼센트 그리고 특별 점수 80퍼센트로 결과가 집계됩니다."

MC의 말에 사람들은 특별 점수가 뭐냐고 술렁였다. 80퍼센트나 차지한다는 건, 특별 점수에서 높은 점수를 받으면 심사위원 점수나 문자 투표를 아무리 높게 받아도 뒤집을 수 없다는 소리였다.

"특별 점수가 무엇인지는 결과 발표 후에 공개하겠습니다. 그럼 먼저 격려상!"

격려상은 '생존을 위한 발버둥' 참가자가 차지했다. 격려상의 상금은 천만 원이었다. 월세 보증금을 도둑맞았던 참가자는 이제 월세방을 구할 수 있게 됐다며 눈물을 흘렸다.

'억울한 누명 30년' 참가자는 위로상과 상금 2천만 원, 불운상은 '몸 성한 날 없는' 영수 씨가 상금 5천만 원과 함께 받았다. 불운상은 사람들에게 가장 큰 눈물과 탄식을 안겨준 '목숨보다 소중한 것을 잃고'의 은주 씨가 차지했다. 상금은 무려 1억 원이었다.

사람들은 의아했다. 우열을 가리기는 어려웠지만, 사람들의 기억에 이들보다 더 불운한 사람은 없었다. 그럼 대체 대상은 누구란 말인가?

댓글창에 이런 글이 달렸다.

'지금까지 나온 사람들 전부 특별 점수가 0이네?'

공개된 점수에 의하면 수상자 모두 특별 점수가 0이었다. 그렇다면 대상은 특별 점수에 의해 정해졌다는 소리였다.

"전국불운자랑, 행운의 대상 수상자는! 키워드 '행복해본 적 없는'의 임준호 씨! 축하합니다!"

임준호 씨의 특별 점수가 만점이었다. 방청객은 물론 시청자도 이 결과에 동의할 수 없었다. 본선에 올랐던 사람 중 유일하게 '저 사람이 왜 올라왔지?'하고 생각할 정도의 사연이 임준호였다.

준호 씨는 부유한 집안에서 둘째로 태어났다. 아버지가 꽤 엄하고 가부장적이어서 가끔 맞으며 자랐으며, 가족끼리 재산 싸움을 하는 바람에 부모가 남긴 유산을 물려받지 못했을 뿐이었다. 그는 집이 망한 적도 없고 부모가 버린 적도 하루하루 끼니 걱정을 한 적도 없고, 건강을 잃은 것도 아니었다. 객석에서 항의의 목소리가 들려올 때, MC의 말이 이어졌다.

"이제 특별 점수가 무엇인지 공개하겠습니다. 참가자분들의 사전 인터뷰 영상으로 확인하시죠."

무대 위 대형 스크린에 참가자 한 명 한 명의 인터뷰 영상이 흘러나왔다. 한 가지 공통 질문에 대답하는 장면이었다.

'스스로의 삶이 불운하다고 생각하십니까?'

첫 번째 참가자 김은주 씨는 이렇게 대답했다.

"저는 슬퍼하지 않기로 했어요. 제가 좌절하고 있으면 우리 아이가 하늘에서 슬퍼하지 않겠어요? 제 인생이 지지리 복도 없는 인생이긴 해도…… 아주 나쁘지만은 않았어요. 아무도 믿을 수 없을 때 남편을 만나서 그래도 세상에는 따뜻한 사람이 있다는 걸 알게 됐고, 엄마를 세상 누구보다 사랑해줬던 제게는 보물 같은 우리 아이랑 짧지만 행복한 추억도 쌓았으니깐요. 그리고 아이를 보내고 나서도 제가 버틸 수 있게 해줬던 저와 같은 고통을 가진 유가족분들, 너무 좋은 분들이 있었기에 지금까지 살 수 있었어요. 제가 할 수 있는 일을 열심히 하면서 살다가 저희 아이가 부를 때 기쁘게 만나러 가려고요. 이정도면 그래도 나쁘지 않은 삶 아닌가요?"

이렇게 말하며 은주 씨는 희미하게 웃었다.

'몸 성한 날 없는' 박영수 씨도 마찬가지였다.

"남들하고 비교하면 불운해 보일 수도 있겠죠. 그런데 비교하면 뭐 합니까? 저만 손해예요. 끝도 없어요. 안 아플 때보다 아플 때가 더 많았지만 저는 살아 있잖아요. 그리고 운 좋게도 저는 좋은 부모님을 만났어요. 저희 부모님께서 저를 포기하지 않으시고, 경제적으로도 그 많은 병원비를 감당해주셨기에 제가 살아 있는 것 아니겠습니까. 살아 있다 보면 제가 하고 싶은 일도 해보고 효도하는 날도 오겠죠?"

영수 씨는 밝게 웃었다. 다른 참가자들도 마찬가지였다. 힘겨운 삶 속에서 작은 희망과 온기로 행복을 느끼는 사람들이었다. 누군가 자신을 믿어주기만 해도, 그저 파란 하늘을 보고 있어도 기분 좋다는 이들은 모두 자신의 인생이 그렇게 나쁘지만은 않다고 여겼다.

유일하게 '행복해 본 적 없는' 임준호 씨만은 한 번도 웃지 않았다. 그는 키워드대로, 살면서 단 한 번도 행복해본 적이 없는 자신이 너무 불행하다고 했다.

"일단 지방에서 태어난 것부터 짜증 나요. 부모님은 돈 가지고 뭘 한 거야, 강남에 땅을 사뒀어야지. 어린 시절을 지방에서 보낸 것도 그렇고요. 내가 첫째로 태어나지 못한 것도 너무 서글퍼요. 태어나면서부터 형이랑 비교당했다고요. 모든 게 형, 형……. 저는 부모님 안중에도 없었어요. 제가 뭘 잘해도 형이랑 비교하면서 1등 아니면 아무것도 아닌 것처럼 취급하고. 제가 사업을 해보겠다고 자금을 좀 빌려달라고 해도 '네가 뭘 하냐'는 식으로 늘 저를 무시했고요. 하, 지방 갑부가 아니라 재벌 집에 태어났어야 해. 형은 또 얼마나 여우 같은지. 아버지 돌아가시고 재산 분할할 때도 제 뒤에서 다 손써서 저보다 세 배는 많이 챙겼을걸요. 그 와중에 어릴 때는 나보다 멍청했던 것들이 사회에서 좀 잘나간다고 잘난 척하는 꼴을 보며 살고 있다고요. 나는 가족도 믿을 수 없고, 인간 자체가 싫어. 내가 행복해본 적이 있겠어요?"

준호 씨는 행복해본 적 없는 게 아니라 만족해본 적이 없는 삶이었다. 참가자들의 사전 인터뷰까지 모두 보고 나니 객석은 조용해졌다. 항의하던 목소리도 사그라졌다. 다들 준호 씨가 왜 불운한 사람인지 알 것 같았다.

MC가 대상 시상을 이어가며 준호 씨에게 물었다.

"임준호 씨, 축하드립니다. '무엇이든 소원권'을 획득하셨는데요. 어떤 소원을 비시겠습니까?"

사람들은 너무나 궁금했다. 준호 씨는 과연 어떤 소원을 빌었을까?

"돈은 됐고, 다시 태어나게 해주세요. 아니다, 다시 태어나면 뭐 하나. 그냥 지구가 멸망해서 저 빼고 싹 다 죽게 해주세요. 할 수 있어요?"

말도 안 되는 소원이었다. 다들 어이가 없어 말도 나오지 않을 정도였다. 그러나 MC는 대답했다.

"그럼요. 소원을 들어드리겠습니다."

MC의 대답에 사람들은 황당했다. 지금 저 인간의 소원을 들어주고자 지구를 멸망시킨다는 말인가?

사람들은 며칠 지나지 않아 행복해하는 준호 씨의 얼굴을 보게 됐다. 준호 씨는 새로 개발된 가상현실 가옥에서 그곳이 가상현실인지도 모른 채 살고 있었다. 일부에서는 인권 문제가 있다는 이야기도 있었지만, 주최 측은 언제든지 준호 씨가 가상현실임을 깨닫고 나오고자 한다면 나올 수 있다고 말했다. 그러나 준호 씨가 다시 사회에 나오기를 바라는 사람은 찾아볼 수 없었다. 지구를 멸망시키며 사람들을 죽이는 준호 씨의 얼굴이 그 어느 때보다 행복해 보였기 때문이다.

선글라스의 유혹

동네의 작은 안경원에 '90퍼센트 폐업 세일'을 한다는 플래카드가 붙었다. 안경을 쓰는 김 기자는 집 앞에 생긴 안경원에 언젠가 한번 들려야지 생각하고 있었다. 그러다 1년도 안 되어 폐업한다는 플래카드를 보고 나서야 건질 게 있나 하고 가게 문을 들어섰다. 마침 새 안경을 맞출 때도 된 참이었다. 가게 안에서는 60대 초반쯤 되어 보이는 평범한 인상의 가게 사장이 김 기자를 맞았다.

"어서 오세요. 필요한 게 있으세요?"

"좀 보고요."

김 기자는 진열되어 있는 안경테를 구경하던 김 기자는 싸한 느낌에 고개를 들어 보았다. 아니나 다를까 가게 사장이 자신을 쏘아보듯 쳐다보고 있는 게 아닌가.

"왜 사람을 그렇게 보세요? 부담스럽게."

김 기자가 불쾌한 듯 인상을 쓰며 물었다. 그러자 사장은 입 꼬리만 살짝 올린 미소를 지으며 말했다. 어딘가 기괴한 미소였다.

"아, 죄송합니다. 제가 아는 사람하고 좀 닮으셔서."

그렇게 말하면서도 사장의 시선은 김 기자에게서 떨어지지 않았다. 김 기자는 가게를 나갈까 했으나 이어지는 사장의 말에 발걸음을 멈췄다.

"마음껏 골라보세요. 웬만한 테는 거의 만 원에 드리고 있습니다. 렌즈까지 하시면 종류에 따라 가격이 달라지겠지만 렌즈도 세일 중이니까요. 특수 렌즈가 아니라면 압축까지 해서 5만 원에 드릴게요."

안경 가격을 듣자 김 기자는 꺼림칙한 기분이 사르르 풀렸다. 보통은 테만 10만 원이 넘기 마련인데, 렌즈까지 포함해도 반도 안 되는 가격이라니. 그는 바로 안경을 맞추기로 마음을 먹었다. 마음에 드는 테를 고른 후 시력검사를 받고 안경 디테일을 체크했다.

"10분 안에 됩니다. 잠시만 기다리세요."

김 기자가 잠시 선글라스 코너를 둘러보고 있는데 사장이 김 기자를 불렀다.

"기다리시는 동안 재미있는 물건 하나 보여드릴까요?"

사장이 진열장 아래 수납장에서 뭔가를 꺼냈다. 사장의 눈에 살짝 광기가 비쳤으나 김 기자는 보지 못했다.

"요거 한번 써보실래요?"

그것은 아주 평범해 보이다 못해 유행도 한물간 선글라스였다. 고급스러운 선글라스도 많은데 하필 촌스러운 선글라스를 추천하다니. 김 기자는 왠지 기분이 상했다.

"이런 구닥다리가 뭐가 재미있다는 거예요?"

김 기자가 발끈하는데도 사장은 아랑곳하지 않았다.

"무슨 말인지는 써보면 아신다니까. 손님께만 보여드리는 거예요. 이건 아주 특별한 선글라스거든."

김 기자는 의심 반 호기심 반 하는 마음에 선글라스를 집어 들었다. 그러자 사장이 씩 웃으며 말했다.

"손님이 가장 원하는 걸 생각하면서 써보세요."

사장은 선글라스를 놔둔 채 다시 렌즈 가는 작업을 하러 갔다. 원하는 걸 생각하면서 쓰라니 그게 무슨 말인가. 김 기자는 속는 셈 치고 간절한 소원을 생각했다. 김 기자가 요즘 가장 원하는 것은 대박 특종 건수를 잡는 일이었다.

김 기자는 작은 인터넷 언론사의 2년 차 기자였다. 말이 기자지 제대로 된 기사를 써본 적이 거의 없었다. 김 기자는 현장에 나가는 것보다 사무실에 있는 게 더 편했다. 그래서 발로 뛰어 취재하는 기사보다는, 다른 언론의 기자가 조회수 높은 기사를 올리면 그걸 퍼 와 약간의 비판을 얹거나 제목만 바꿔 다시 올리는 식의 '우려먹기 기사'만 써댔다. 한때 키보드워리 어였던 시절 덕분에 남을 까내리는 데는 자신 있었다. 그렇게 좋은 기사를 쓰는 것보다 클릭 수 높이는 것에 열을 올린지 오래였다.

그러나 김 기자는 이제 한계를 느꼈다. 위에서 압박이 들어왔기 때문이다. 최근 사내에서도 자신을 한심하게 보는 듯한 시선들이 느껴졌다. 그렇기에 특종기사를 터뜨려서 자신이 얼마나 대단한 기자인지 만천하에 보여주고 싶었다.

김 기자는 특종 건수를 바라며 그 올드한 선글라스를 썼다. 그런데 쓰자마자 깜짝 놀라 선글라스를 벗어 던질 뻔했다. 선글라스 너머로 보인 시야는 안경원이 아니라 완전히 다른 곳이었기 때문이다.

"이게 뭐……."

김 기자는 놀라서 말을 잇지 못한 상태로 사장을 쳐다봤지만, 사장은 안경을 만드는 데 여념이 없었다. 자신이 놀란 것을 들키고 싶지 않았던 김 기자는 조용히 선글라스를 다시 썼다. 잘못 본 게 아니었다.

선글라스 너머로 보이는 시야는 분명 낯선 곳이었다. 고급 클럽의 룸처럼 보였다. 김 기자가 고개를 돌려보니 마치 VR

안경을 쓴 것처럼 룸 내부가 훤히 보였다. 그때 그곳에 낯익은 얼굴이 보였다. 깨끗한 이미지로 대중의 사랑을 받고 있는 한 남자 연예인이었다. 그는 양옆에 여자들을 끼고 양주를 들이 붓고 있었다.

"헐, 저거 저럴 줄 알았다. 깨끗한 이미지는 개뿔."

김 기자가 혀를 끌끌 차며 보고 있는데, 그 연예인이 음흉한 미소를 지으며 일행에게 뭐라고 소리쳤다. 무슨 말인지 궁금했지만 아쉽게도 소리는 들리지 않았다. 잠시 후 일행이 뭔가를 꺼내자 그 연예인과 다른 일행이 환호성을 질렀다. 저게 대체 뭐길래 저러나 싶어 유심히 지켜보던 김 기자는 소리 없는 비명을 질렀다. 그것은 마약이었다.

'특종, 이건 특종이다.'

김 기자는 그 연예인이 신나게 마약을 흡입하는 모습을 두 눈을 동그랗게 뜨고 보았다.

'이거 진짜 실제 상황인가? 이게 언제지?'

생각이 채 끝나기도 전에 룸 밖으로 시야가 변했다. 복도에 붙은 시계에는 날짜와 시간이 표시되어 있었다. 날짜를 보니 오늘, 지난 새벽이었다.

"헐, 대박!"

김 기자는 자기도 모르게 입 밖으로 소리를 질렀다. 그때 안경원 사장의 목소리가 들려왔다.

"다 됐습니다, 손님."

김 기자는 얼른 선글라스를 벗고 사장에게 물었다.

"사장님, 이거 진짜예요? 현실 맞아요?"

"그럼요. 뭘 보셨는지 몰라도 현실 맞습니다. 그 물건은 거짓을 보여주지 않아요."

"대박!"

김 기자는 흥분해서 외쳤다.

"이 선글라스 얼마예요? 제가 살게요!"

그러나 사장은 손사래를 쳤다.

"그건 파는 물건이 아니에요, 손님. 기다리는 동안 심심하지 말라고 보여드린 거라니까."

김 기자는 어떻게든 그 선글라스를 갖고 싶었다. 선글라스가 보여준 모습이 정말 현실이라면 특종은 시간문제였다. 재차 사장을 설득했지만, 사장은 돈으로 값을 매길 수 있는 물건이 아니라고 했다. 김 기자가 생각해도 틀린 말은 아닌 것 같았다. 세상에 어디서 이런 물건을 구한단 말인가. 또한 사장이 높은 가격을 부른다면 김 기자는 거액을 줄 여력이 없었다.

김 기자가 아쉬움을 뚝뚝 떨구자 사장이 할 수 없다는 듯 말했다.

"가게에 오시면 뭐, 써보게 해드릴게. 여기 있는 재고를 판매할 동안은 가게 문을 열 테니까요."

그러면서 물건을 사지 않아도 선글라스를 쓸 수 있게 해주 겠다고 했다. 김 기자는 사장에게 약속까지 받아내고는 새로 맞춘 안경을 쓰고 안경원을 나섰다. 그러고는 바로 그 클럽을 찾아갔다. 아까 시계 옆에 클럽 이름이 보인 덕분이었다. 유명 인과 부잣집 자제들이 가기로 유명한 고급 클럽이었다.

아직 이른 오후라 클럽은 닫혀 있었다. 김 기자는 뒷문 근처 에서 잠입 취재를 시도했다. 자주 해보지는 않았지만, 선배들 을 따라가 해본 경험은 몇 번 있었다.

몇 시간이 지났을까. 클럽 직원으로 보이는 사람이 뒷문으 로 드나드는 게 보였다. 김 기자는 이때다 싶어 직원에게 접근 했다.

"안녕하세요. 뭐 좀 물어볼게요."

김 기자가 선글라스로 본 연예인의 이름을 꺼내자마자 직 원들은 매몰차게 자리를 피하려 했다. 김 기자는 자기가 그 연 예인에게 돈을 빌려줬는데 한 달째 못 받고 있다며 거짓으로 읍소했다. 그러고는 담뱃값이나 하라며 직원에게 돈을 쥐여 주었다. 슬쩍 돈을 받아 든 직원은 주변을 살피다가 그 연예 인이 별일 없으면 매주 금요일마다 온다는 정보를 알려주었 다. 클럽에 들어갈 수 있는 방법도 물었지만, 회원제로 운영되 는 곳이라 아무나 들어올 수 없다고 했다. 어떻게든 클럽에 들 어갈 방법을 찾아야 했다. 클럽 회원은 될 수 없으니 공권력을 동원하는 방법을 선택했다. 김 기자는 클럽이 있는 지역 관할 경찰서의 마약반을 찾아갔다.

"○○뉴스의 김 기자라고 합니다. 마약 관련 제보가 하나 들어왔는데⋯⋯."

한 형사가 관심을 보이며 다가오자 김 기자는 기다렸다는 듯이 조건을 걸었다.

"형사님이 현장에 가실 때 제가 따라갈 수 있게 해주세요. 이거 밝혀지면 제 특종인 겁니다."

형사가 수사에 방해가 된다며 동행을 거절하자, 김 기자는 그럼 다른 서로 가겠다며 자리에서 일어났다. 그때 반장이 다가와 김 기자를 붙잡았다. 그 연예인의 유명세가 꽤 컸던 탓이었다. 반장에게 약속받은 김 기자는 확실한 제보를 받은 척하며 선글라스를 통해 본 사실을 털어놨다.

곧바로 전담 수사팀이 꾸려졌다. 그리고 김 기자는 수시로 안경원에 드나들며 그 연예인이 마약 하는 현장을 잡는 데 필요한 정보를 확인했다. 경찰과 정보를 나누면서 거의 수사에 참여하다시피 한 김 기자는 결국 경찰과 함께 그 연예인의 마약 투여 현장을 덮칠 수 있었다. 그 생생한 현장이 김 기자의 카메라에 담겼다. 김 기자는 결국 특종을 터뜨렸다.

대박 특종에 김 기자가 속한 언론사도 난리가 났다. 압박하던 윗선도 이번 기사는 크게 칭찬했다. 주변 동료 기자들도 김 기자에게 소스가 어디냐고 물었지만, 김 기자는 절대 말할 수 없었다. 말할 생각도 없었지만.

김 기자는 아직 부족했다. 회사는 다음 기사를 기대한다고 했다. 이 정도로 인정받기에는 아직 이른 것이었다. 더 큰 한 방이 필요했다. 연예부 기사 말고 더 큰 한 방이.

김 기자는 음료수를 사 들고 또다시 안경원을 찾았다. 특종을 얻은 대가로 보기엔 너무나 보잘것없었으나 안경원 사장은 그런 내색 없이 기사를 봤다며 축하의 말을 건넸다. 김 기자가 안경원을 둘러보니 벌써 반 이상 물건이 빠져 있었다.

"사장님, 가게 얼마나 더 여실 것 같아요?"

일이주 안에는 정리가 될 것 같다는 사장의 말에, 김 기자는 마음이 조급해졌다. 서둘러 선글라스를 빌려 쓰며 김 기자는 자신의 소원을 떠올렸다.

'정치, 사회 쪽에서 대박 터뜨릴 만한 특종거리를 보여줘.'

선글라스 너머로 고급 일식집이 보였다. 룸 안에는 공무원으로 보이는 한 남자가 긴장한 표정으로 앉아 있었다. 곧이어 문이 열리고 누군가 들어왔다. 여당의 차기대권주자로 급부상한 박 장관이었다. 그 모습을 본 김 기자는 '이거 뭔가 메가톤급 사건이다.' 생각하며 저도 모르게 침을 꿀꺽 삼켰다.

박 장관은 자신보다 연배가 조금 어린 듯한 남자와 함께 들어왔다. 박 장관은 자신에게 깍듯이 인사하는 공무원 같은 남자에게 일행을 소개했다. 곧이어 정갈한 음식이 차려졌고, 둘러앉은 세 사람은 대화를 나누기 시작했다.

그러나 아쉽게도 김 기자는 그들이 무슨 대화를 하는지 들을 수 없었다. 느낌상 박 장관이 공무원에게 지인을 소개하며 뭔가를 권유하는 듯했다. 박 장관의 말에 공무원은 연신 고개를 끄덕이며 걱정하지 마시라는 뉘앙스를 풍겼다. 보기만 해도 수상함이 느껴졌다.

'이 건…… 내가 감당할 수 있으려나?'

상대는 무려 차기대권 유력 후보였다. 권력자를 함부로 건드렸다가 나락 가는 수가 있는데. 그러나 제대로만 터뜨리면 한 방에 급을 올릴 수 있는 특종 기사가 될 터였다.

'저 지인은 누구지?'

김 기자가 생각하자마자 배경이 바뀌었다. 박 장관과 그의 부인을 포함해 여러 사람이 보였다. 아이들도 보이는 것으로 보아 가족 모임 같았다. 그 사람들 중에는 방금 본 그 지인도 있었다.

'가족인가. 그럼 청탁? 박 장관은 공무원한테 무슨 청탁을 한 거지?'

또 배경이 바뀌려는데, 사장의 목소리가 들렸다.

"기자님, 가게 마감할 시간이에요."

김 기자가 깜짝 놀라 선글라스를 벗어보니 밖은 이미 어둠

이 내려앉았다. 김 기자는 너무 아쉬웠다.

"사장님, 이거 하루만 빌려주시면 안 돼요?"

"아이, 안 돼. 내일 또 오셔."

사장은 한사코 거절했다. 아무리 부탁하고 빌어도 사장은 선글라스를 빌려주지 않았다. 김 기자는 일단 안경원을 나섰지만 기분이 몹시 상해 있었다.

'내가 아예 달라는 것도 아니고 하루만 빌려달라는데 그것도 안 된다는 거야!'

사장의 선심은 어느새 김 기자의 권리가 되어 있었다. 다음 날, 그다음 날, 김 기자는 매일같이 안경원을 찾았다. 박 장관이 지인을 통해 무슨 청탁을 했는지 조금씩 그 실체를 보고 있었다. 그 공무원은 국토부 소속이었다. 국토부에서 건설 사업을 진행하는데 그의 지인이 운영하는 건설회사가 사업을 수주한 것이었다.

'그럼 여기서 본 이득이 어디로……. 혹시 박 장관한테도 들어가나?'

그때 안경원 사장의 목소리가 들렸다.

"기자님, 오늘이 마지막입니다. 내일부터 가게 정리 들어갑니다."

청천벽력 같은 소리에 김 기자가 고개를 번쩍 들었다.

'안 돼!'

아직 봐야 할 게 많다. 앞으로도 계속 특종을 터뜨리려면 김 기자에게는 이 선글라스가 절실했다. 그러나 이 사장 놈은 절대 팔지 않을 것이다. 잠시 생각에 잠겼던 김 기자는 깔끔하게 선글라스를 벗어 사장에게 건네며 말했다.

"그동안 감사했습니다."

김 기자는 사장이 선글라스를 받아 고이 서랍 안에 넣어두는 모습을 지켜보았다. 그리고 마지막 인사를 나누고는 안경원을 나섰다. 그러나 김 기자가 이대로 그 선글라스를 포기할 리 없었다. 그날 새벽, 김 기자는 마스크와 모자로 얼굴을 가리고 안경원을 털었다. 폐업을 앞두고 있어서인지 유리창을 깨는데도 경보가 울리지 않았다. 김 기자는 이것저것 뒤지는 척하더니, 준비해 온 풍선으로 CCTV를 가린 후 사장이 선글라스를 넣어둔 서랍을 열었다. 선글라스는 마치 김 기자를 기다렸다는 듯이 그 안에 그대로 있었다. 선글라스를 집어 든 김 기자는 서둘러 안경원을 빠져나갔다. 택시를 타고 동네를 빠져나가 어느 모텔로 들어간 김 기자는 침대에 드러누워 선글라스를 꺼내 썼다. 그리고 재빨리 박 장관과 지인 사이에 벌어지는 비밀 회동을 지켜봤다.

2주 후, 김 기자는 박 장관의 청탁 기사를 특종으로 터뜨렸다. 선글라스에 힘입어 엄청나게 빠른 취재를 할 수 있었던 결과였다. 포털 메인에 김 기자의 기사가 걸리고, 여기저기서 김 기자의 기사를 후속 보도하기 시작했다. 사회적 파장도 엄청 났다. 모든 혐의를 부인하던 박 장관은 결국 검찰 포토라인에 서게 되었다.

이렇게까지 되자 김 기자가 원했던 대로 회사에서 김 기자의 위상이 달라졌다. 기자 사이에서도 김 기자는 이슈 메이커였다. 김 기자는 이제 두려울 것이 없었다, 그 선글라스만 있다면, 김 기자의 콧대는 점점 하늘을 찌를 듯 높아졌다. 퇴근해 집에 돌아온 김 기자는 다음 특종을 찾기 위해 선글라스를 꺼내 들었다.

"다음 특종은 뭐가 있으려나……. 어?"

잠시 선글라스 너머를 보던 김 기자는 화들짝 놀라 선글라스를 벗어버렸다. 선글라스가 보여준 것은 바로 김 기자 자신이었다. 자신이 형사들에게 체포되어 수갑을 찬 채 검찰 포토라인에 서는 게 보이는 것 아닌가.

그때였다. 갑자기 초인종이 울리더니 누군가 현관문을 쾅쾅 두드렸다.

"김현수 씨, 안에 계십니까? 경찰서에서 나왔습니다."

형사들에게 체포되어 연행되는 김 기자의 모습을 누군가 지켜보고 있었다. 바로 안경원 사장이었다. 그의 손에는 어찌된 일인지 낯익은 선글라스 하나가 들려 있었다. 김 기자가 훔쳐 갔던 바로 그 선글라스였다. 사장은 똑같은 선글라스를 하나 더 가지고 있었다.

　"유혹을 뿌리치는 사람은 없어."

　사장은 킬킬 기괴한 웃음을 짓더니 홀연히 사라졌다. 사라지기 직전 그의 눈은 악마처럼 붉게 빛나고 있었다.

이겨야 사는 싸움

　지숙은 평생 누군가와 이런 싸움을 해본 적이 없었다. 가장 혈기 왕성했던 학창 시절에도 남의 머리채는커녕 말싸움한 것도 손에 꼽을 정도로 순한 성격이었다. 그런 사람이 육탄전을 벌이고 있었다. 말이 육탄전이지 우격다짐 주먹질과 발버둥이 난무하는 개싸움이었다. 문제는 상대가 누군지 그리고 왜 싸우고 있는지조차 잘 모른다는 것이다. 어떻게 시작된 싸움인지도 기억나지 않았다. 그저 싸워야 한다, 절대 져서는 안 된다는 것만 의식 속에 있었다. 본능적으로 잡히면 끝이라는 생각에 주먹과 발을 냅다 휘두르고 있었다.

　왜인지 몰라도 시야가 흐릿했다. 상대 얼굴조차 잘 보이지 않았다. 그저 울룩불룩 덩치 큰 시커먼 사람이라는 것만 알 수 있었다.

'아니, 사람은 맞나? 모르겠다. 그런데 왜 자신을 공격하는 걸까? 이 덩치를 내가 이길 수 있을까? 여긴 어디지? 왜 온통 불그스름하지?'

모두 의문투성이인데도 생각할 겨를조차 없었다. 하지만 생각은 나중에. 지금은 주먹과 발을 한 번 더 뻗을 때다.

그러나 어설프게 뻗은 발을 잡혀버리고 말았다. 발목을 잡고 당기는 힘에 지숙은 버틸 겨를 없이 넘어지고 말았다. 그 순간 시커먼 덩치가 지숙을 말 그대로 덮쳤다, 마치 통째로 삼켜버리듯이.

익숙한 안방, 천장이 보였다.

'꿈이었나?'

지숙은 움직일 기운이 하나도 없었다. 격하게 싸운 꿈 때문이 아니다. 최근 계속 이런 상태였다. 평소 같으면 그대로 누워 있겠지만 지숙은 힘겹게 몸을 억지로 일으켰다. 오늘은 병원에 항암 치료를 하러 가는 날이었다.

얼마 전 지숙은 생전 처음 해본 건강검진에서 암 판정을 받았다. 의료진은 끊임없이 검사해대면서도 수술 날짜를 잡아주지 않았다. 지숙은 수술로 해결할 수준이 아닌 것으로 생각했다. 의사는 암세포가 림프절을 타고 이미 여러 장기에 번져서 수술도 어렵다고 했다. 어쩐지 언젠가부터 몸을 움직일 기력이 없더라니. 하루의 반 이상을 누워서 지낸지 벌써 6개월도 넘은 것 같았다. 왜 진작 병원에 올 생각을 하지 않았을까.

지숙은 그저 갱년기 때문에 온 우울증일 거라고 생각했었다. 원래 타고나길 건강한 체질이긴 했다. 특별히 어디에 통증도 없었다. 다만, 최근 들어 아무것도 하고 싶지 않았고 움직일 힘이 없었을 뿐이었다. 우울증도 방치하면 안 되는 심각한 병이라고 들었지만, 지숙은 병원에 가는 것 자체가 익숙지 않은 사람이었다. 국가에서 2년에 한 번씩 건강검진을 받으라는 데는 다 이유가 있구나하고 그제야 깨달았다. 모든 암환자들이 그러하듯 지숙도 처음에는 받아들이기 쉽지 않았다. 하지만 몸 상태는 예전 같지 않았고 무엇보다 검사할 때마다 결과가 말해주니 버틸 도리가 없었다. 억울함과 두려움으로 몇 날며칠을 보내고 나니 이러다 스트레스로 더 빨리 죽을 것 같아 생각을 바꾸었다.

'암환자가 200만 명인 시대에 나라고 안 걸린다는 법이 어디 있어!'

이렇게 생각하니 못 받아들일 것도 없었다. 좀 더 빨리 발견하지 못한 후회가 될 뿐이었다.

힘들면 입원하라는 병원의 권유도 있었지만 지숙은 병원에 있기 싫었다. 집이라는 공간도 좋은 구석은 없지만, 어차피 치료가 쉽지 않은 상황이라면 움직일 수 있을 때까지 움직이고 싶었다. 무엇보다 병원에 갈 때만큼은 30년 내내 남의 편만 든 남편을 부려먹을 수 있다는 장점도 있었다. 그래서 2주에 한 번씩 항암 치료를 하러 다니고 있었다.

항암 치료를 하러 갈 때마다 하는 종양표지자 검사의 결과를 본 의사가 말했다.

"지난번보다 암 수치가 조금 늘었네요."

'항암 약이 잘 안 듣나 보지.'

지숙은 수치에 연연하지 않기로 했다. 요즘 지숙은 뭐든지 대수롭지 않게 여겼다. 남편이고, 자식이고 시부모까지 다 자기들 살겠다고 내 살 깎아 먹는 인간들이니 살아봤자 좋은 꼴 볼 일도 없다고 느꼈다.

'꿈에서는 왜 그렇게 필사적으로 싸웠지? 살고는 싶은 건가. 이 상황에······.'

갑자기 꿈 내용이 떠오른 지숙은 저도 모르게 피식 웃었다. 웃을 일이 그렇게 없는지 정말 간만에 새어 나온 웃음이었다.

*

또 같은 꿈이다. 같은 배경, 같은 상황. 저 시커먼 덩치는 이 번에도 지숙을 덮치려 한다.

'잡히면 안 돼.'

지숙은 그저 불그스름한, 길도 없는 공간을 필사적으로 달렸다. 그러나 얼마 안 가 그리 길지도 않은 머리채를 잡히고 말았다.

"이게 머리채를 잡아?"

지숙은 참을 수 없을 만큼 열이 받았다. 누군가에게 머리채를 잡혀본 게 처음이었다. 게다가 요즘 항암 치료 때문에 머리가 많이 빠져서 예민해 있는데 그런 지숙의 머리카락을 건드린 거다. 지숙이 잡힌 머리채를 붙잡고 시커먼 상대를 향해 울분을 담은 발을 확 뻗었다. 그때였다. 딱딱한 무언가가 발에 제대로 맞는 느낌. 이게 바로 타격감인가. 그동안 계속 빗겨나가기만 했었는데 이번엔 상대의 몸통에 정확하게 들어갔다.

느낌이 틀리지 않았는지 시커먼 게 처음으로 주춤 뒤로 물러났다. 그러더니 놀랍게도 그 커다란 덩치가 스르륵 어디론가 사라졌다. 이번에도 눈이 잘 보이지 않으니 정확히는 모르지만, 커다란 존재감이 갑자기 0이 되자 지숙은 반짝 눈이 뜨였다. 묘하게 느껴지는 카타르시스. 오늘도 항암 치료 받는 날이라 어제부터 울적했는데, 꿈에서나마 싸움을 이겼더니 기분이 좋아졌다.

"암 수치가…… 줄었네요?"

종양표지자 검사 결과를 본 의사가 의아하다는 듯이 말했다. "2주 만에 이렇게 줄었다고?" 하는 의사의 중얼거림을 지숙은 놓치지 않았다.

'뭐지? 항암 약이 잘 들었나? 오늘 기분이 좋아서 그런가? 꿈에서 이겨서 그런가?'

뭐가 됐든 암 수치가 줄었다니 좋은 일의 연속이었다.

생생했던 타격감이 준 카타르시스를 잊을 수 없었던 탓일까. 지숙이 요즘 누워서 자주 하는 일은 호신술 영상을 찾아보는 것이었다. 그리고 어릴 적에 몇 달 배웠던 태권도 자세를 기억 저편에서 끄집어내며 누워서나마 발차기 자세를 잡아보았다.

'누워서 하는 꿈지럭거림도 은근히 운동이 되는군.'

이번에 또 꿈을 꾼다면 다음에도 반드시 그놈을 이겨주겠다고 다짐하며 지숙은 누워서 틈틈이 운동하기 시작했다. 매일, 조금씩, 더 많이.

*

다음에도 이겨주겠다고 하긴 했지만, 같은 꿈을 꾸는 경우가 이렇게 흔한 건가. 주기도 점점 잦아졌다. 2주에 한 번씩이었는데 두 번이 되고 세 번이 되었다. 이기고 지고를 반복했더니 이제 지고 싶지 않았다. 간절하게 이기고 싶었다. 왜 그런지는 지숙도 잘 몰랐다. 그저 자신의 화풀이 대상으로 시기적절하게 등장한 거라고 생각했다. 실제로 사람을 패는 것도 아니고 꿈속 대상과 싸우는 건데 뭐가 문제랴. 지숙은 오늘도 꿈속에서 그놈을 만났고, 필사적으로 싸워서 겨우 이겼다. 그동안 호신술 영상을 열심히 찾아보고 꿈지럭 운동한 게 조금이나마 도움이 된 게 아니었을까.

문제는 그놈도 조금씩 진화하는 것 같았다. 지난번과 비슷하게 내뻗는 지숙의 발을 몇 번이나 피했다.

'기술을 더 연마해야겠군.'

다행히 최근 연속으로 두 번 이겼다. 그래서 그런지 덩치도 처음보다 조금 작아진 느낌이었다.

"CT를 다시 한번 찍어볼게요."

의사가 놀란 눈치였다. 왜 그러냐고 묻자 암 수치가 정상 범위보다 많이 줄었다고 했다. 특별히 뭐 한 게 있냐고 물었지만, 지숙이 한 건 침대에서 한 꿈지럭 운동과 꿈에서의 싸움뿐이었다.

검사 결과, 위로 전이됐던 암 덩어리의 크기가 줄어 있었다.

'정말 꿈 때문인가? 설마 그 시커먼 덩치가 암 덩어리인가?'

지숙은 설마 하면서도 그것밖에 딱히 떠오르는 이유가 없었다.

'그 덩치를 없애면 이 암 덩어리도 없앨 수 있는 걸까?'

지숙은 일말의 희망이 생기는 것 같아 의지가 샘솟았다.

그때부터 지숙은 눈 뜨고 있는 동안은 온갖 무술 영상을 찾아보았다. 덩치와 싸울 때의 느낌을 떠올리며 시뮬레이션도 해보았다. 현실에서는 백날 생각만 하고 시뮬레이션 돌린다고 무술 고수가 되는 일은 없겠지만, 이건 꿈에서 싸우는 거니까. 그 외의 시간은 거의 잠만 잤다. 잠이 계속 늘었고 꿈꾸는 횟수도 늘어갔다. 지숙은 계속 꿈에 매달렸다. 덩치를 이겨도 깨지 않고 계속 꿈에 머무른 채 또 어떻게 공격할지 연구했다. 가끔 싸움에서 질 때도 있지만 그에 연연하지 않았다. 현실의 다른 복잡한 일은 일부러 생각하지 않았다. 저걸 샌드백이라고 생각하고 마음 가는 대로 후려쳐보자, 그런 생각뿐이었다. 그러는 사이 현실에서 예상치 못한 일이 벌어졌다.

어느 날 지숙이 눈을 떠보니 입원실 안이었다. 거의 하루 종일 잠만 자는 지숙을 보살필 수 없었던 남편이 지숙을 병원에 입원시켜버린 것이다.

'못 하는 게 아니라 안 하는 거지. 아픈 아내는 병원에 처박아놓고 또 어디 바람이나 피우러 다니겠지.'

자신이 임신했을 때조차 바람피우다 걸린 인간이니 충분히 그러고도 남을 인간이었다.

'어디 완치만 돼봐라. 너는 바로 이혼이다.'

지금까지 왜 참고 살았을까, 억울했다. 하지만 지금은 암 덩어리를 없애는 게 최우선이기에 생각을 접어두었다. 지숙은 또다시 실전 무술 영상을 찾아보다 잠이 들었다.

*

지숙이 너무 오래 잠을 자자 병원에서도 이상하게 생각했다. 그러나 딱히 원인을 찾을 수가 없었고, 오히려 암 덩어리는 줄어들고 있었다. 위에 있던 작은 덩어리는 아예 사라져버렸다. 의사들도 이게 무슨 일이냐며 들썩였지만 지숙은 그 사실은 모른 채 꿈속을 달리고 있었다. 아니, 꿈속에서 지숙도 어렴풋이 알고 있었다. 암 덩어리가 줄듯이 꿈속의 덩치도 이제는 예전의 덩치가 아니었다. 지숙의 체구 정도로 줄어 있었으니까.

지숙은 이제 고민하기 시작했다.

'저걸 아예 없애려면 어떻게 해야 하지?'

이제 꿈속의 지숙은 완벽하게 파이터가 되었다.

'이번에야말로 목을 졸라서 숨통을 끊어놔야지.'

세상 험한 말조차 못 하던 사람이 무시무시한 생각을 자연스럽게 하고 있었다. 그러는 사이 시커먼 게 또 나타났다. 어느덧 크기는 어린아이만큼 작아져 있었다. 이제는 처음만큼 어렵지 않다. 지숙이 목을 잡아채며 공격이 들어가려는 찰나였다.

갑자기 시커먼 것에 얼굴이 생기기 시작했다. 그런데 그건 남편의 얼굴이었다. 아니, 한 사람만의 얼굴이 아니었다. 오랜 세월 원망의 대상이었던 남편의 얼굴, 잘못 키운 것만 같은 아픈 손가락인 자식의 얼굴, 며느리가 하인인 줄 아는 시부모의 얼굴 그리고 그 모든 것을 무식하게 참고 살아온 자신의 얼굴이었다.

"하!"

지숙은 헛웃음이 났다.

'현실의 발암 캐릭터들이 진짜 발암 원인이었네.'

지숙은 저 얼굴들을 보고 있자니 차마 죽일 수가 없었다. 저 얼굴 중에 자신과 자식만 없었어도 가차 없었을 텐데.

'어떡하지? 저걸 품어야 하나?'

망설이고 있는 사이, 시커먼 녀석이 자신의 목을 잡고 있는 내 팔을 꽉 물어버렸다. 지숙은 깜짝 놀라 꿈에서 깼다. 그리고 정신도 번쩍 차렸다. 지숙은 확신했다. 그놈의 정체가 그러하다면 꿈에서 죽여 없애서 암이 완치된다 해도 현실이 정리되지 않는 한 언제 또 생겨날지 모른다고. 그렇다면 현실의 발암캐들을 처리하는 게 먼저다. 지숙은 이제 어떤 말싸움도 몸싸움도 해낼 자신이 있었다. 목숨이 달린 싸움을 해왔더니 정신까지 단련되어 있었다.

지숙은 병실을 둘러보았다. 곁에는 아무도 없었다.

'그래, 기대도 안 했다. 세상 어차피 혼자 사는 거다. 죽을 때도 혼자 가는걸, 뭐.'

지숙은 그럴 줄 알았다는 듯 침대에서 몸을 일으키고 링거를 뽑았다. 오래 움직이지 않은 사람치고는 몸이 가뿐했다.

'발암캐들아, 기다려라. 내가 간다.'

싱크홀

"뉴스 속보입니다. 수도권 남쪽 외곽에 거대한 싱크홀이 발생했습니다. 마을 하나를 집어삼킨 이 싱크홀은 역대 최대 규모인 약 5만 제곱미터로 추정되며 정확한 피해 인원과 규모를 파악 중인 가운데……."

"이곳은 거대 싱크홀 앞입니다. 축구 경기장 정도 넓이의 싱크홀은 보시는 것처럼 바닥의 끝이 보이지 않고 있습니다. 실종자도 현재 98명에서 더 늘어나고 있는 상황이지만, 아직까지 깊이가 파악되지 않고 있어 전문가들도 구조 작업에 애를 먹고 있는 상황입니다."

거대하면서도 이상한 싱크홀이었다. 원형에 가까운 거대한 구멍 아래는 무저갱처럼 끝이 보이지 않았다. 다양한 방식으로 깊이를 측정해보려고 해왔으나, 모든 깊이 측정기에서 기계오류가 생기거나 측량 자체가 되지 않았다. 드론을 띄워 내려보내기도 했지만, 어느 지점부터는 화면이 먹통이 되더니 아예 돌아오지도 않았다. 그렇게 사라진 드론만 5대. 혹시나 해서 방사능 수치도 확인해보았다. 다행히 드론이 사라지기 직전의 방사능 수치가 사람에게 피해를 줄 만큼은 높지 않았다. 그런데 왜 계속 기계가 사라지거나 먹통이 되는지 알 수 없었다. 싱크홀로 빨려 들어간 사람도 100명이 넘어가는 상황이라 구조에 손 놓을 수 없는 한시가 급한 상황이었다.

결국 사람이 직접 내려가는 방법밖에 없었다. 대체 누가 저 악마의 아가리 같은 미지의 공간으로 들어간단 말인가. 피해 가족들이 가겠다고 나서며 아우성쳤으나 민간인을, 그것도 피해 가족을 위험지역으로 내몰 수는 없었다. 결국 상부의 명령을 받은 특수부대 요원들과 구조대원들이 함께 싱크홀 구조 작업에 나서게 되었다.

"쳇, 군인이 죄인도 아니고 죽으러 가라면 가야 하네."

싱크홀에 들어갈 준비 중이던 김 하사가 투덜거렸다. 그 한마디에 같이 준비하던 구조대원들의 눈동자도 흔들렸다. 그때 옆에서 단호한 목소리가 들려왔다.

"입 다물어. 군인은 그런 존재야. 국민의 생명과 안전을 지키는 사람이다."

싱크홀 구조대의 대장을 맡은 특수부대 이 중사의 말에 모두 마음을 굳게 먹었다.

'그래, 우리는 그런 존재다. 죽으러 가는 게 아니라 사람을 구하러 가는 거다.'

많은 이들의 걱정과 무사 기원 속에서 구조대를 태운 헬기가 싱크홀 아래로 출발했다.

"400미터……. 500미터……."

지상의 빛이 보이지 않을 정도로 깊게 내려왔는데도 바닥은 여전히 나타날 기미 없이 온전한 암흑이었다. 아래쪽은 빛마저 흡수하는 모양이었다. 바닥을 향해 쏘는 라이트 빛이 암흑 속으로 빨려 들어갔다. 그 상태로 1000미터쯤 내려왔을 무렵이었다.

"으아악! 비상! 비상!!"

조종석에서 다급한 외침이 터져 나왔다. 헬기의 계기판이 요동치며 조종간이 말을 듣지 않았다. 사람들도 어떻게 손쓸 방법이 없었다. 안전벨트와 시트를 부여잡고 비명을 지르는 것 외에는 할 수 있는 게 아무것도 없었다. 그렇게 헬기는 바닥으로 빨려 들어가듯이 추락했다. 이렇게 꼼짝없이 죽는구나, 다들 생각했다.

그런데 어느 순간, 모두의 몸이 시트에서 붕 뜨는 걸 느꼈다. 중력이 사라진 느낌. 안전벨트가 아니었다면 헬기 안에서

서로 엉망으로 뒤엉켜 부상을 당할 수도 있었다. 조종간이 전혀 말을 듣지 않는 헬기는 내려가는지 올라가는지 모르게 어디론가 부유하고 있었다. 지금 떠가는 곳이 싱크홀 안인지 우주공간인지 헷갈릴 지경이었다. 밖은 여전히 암흑이었다. 그렇게 부유하는 고요함 속에서 여전히 살아 있음에 안도하는 것도 잠시였다.

"빛이다!"

조종사의 외침에 밖을 보니 저 멀리 빛이 보이기 시작했다. 그 순간 헬기의 동체가 엄청나게 흔들리더니 빛을 향해 급속도로 빨려 들어가기 시작했다.

*

헬기가 도착한 곳은 지구에서 한 번도 보지 못한 새로운 세상이었다. 일단 지구가 아닌 것은 확실했다. 공중에 원형으로 생긴 건축물이 수도 없이 떠 있고, 땅에 있는 건물도 지구 어디에서 보지 못했던 양식이었다. 건축물뿐만 아니라 땅을 오가는 사람들도 지구인과 비슷한 모습이었지만 묘하게 달랐다. 그들은 검은색 머리에 선홍색 피부, 노란색 눈동자를 갖고 있었다.

생전 처음 보는 낯선 환경에 구조대원들은 헬기에서 내릴 생각조차 하지 못하고 있었다. 하지만 이곳 사람들은 헬기를 보며 한두 명씩 모여들었다. 알아들을 수 없는 소리를 내며 서로 대화하는 것 같았다. 이 중사 지시에 군인들이 헬기 문을 열고 밖을 향해 총을 겨눴다. 이미 헬기는 이곳 사람들에게 반원으로 둘러싸여 있었다. 헬기의 뒤쪽에는 헬기가 튀어나온 원형 홀이 보였다. 군인들이 총을 겨누며 잔뜩 경계하고 있을 때였다.

"지, 지구에서 오셨나요?"

익숙한 언어가 들려왔다. 이곳 사람들 사이를 헤치며 중년의 여자가 다가왔다. 복장은 이곳 사람들과 같았지만 한눈에 봐도 지구인, 한국인이었다.

"싱크홀에 빠졌던 분이십니까? 저희는 구조대입니다. 다른 분들은 무사하십니까?"

헬기 안에서 구조대원들이 내리며 말했다.

"이제야…… 구하러 왔다고요?"

중년 여자는 눈물까지 글썽이며 떨리는 목소리로 물었다.

"싱크홀에 대한 파악이 어려워서요. 그래도 전에 없이 빠르게 수색 팀을 꾸려서 사고 이틀 후에 출발했습니다."

"이틀 후라고요?"

중년 여자는 믿을 수 없다는 듯이 말했다.

"제가 싱크홀에 빠진 게 18살 때였어요. 여기서 30년을 기다렸는데……."

그 말에 모두 망연자실해졌다. 잠시의 침묵 후 이 중사가 물었다.

"그럼 싱크홀에 빠졌던 다른 분들은 어찌 됐습니까?"

"처음 여기에 도착하고 얼마 안 돼서 어른들 몇 명이 저 홀로 들어갔어요. 돌아가서 구조대와 함께 오겠다면서. 그렇지만 아무도 이곳으로 다시 돌아오지 않았어요. 무서워서 돌아가지 못한 사람들만 이곳에 남았죠."

"그럼 이곳에는 지구인이 몇 명이나 있습니까?"

"지금은 한 이삼십 명 정도밖에 안 남았을 거예요. 여기서 살다가 이미 생을 달리하신 분들이 꽤 계세요."

중년 여자는 자신을 강지수라고 소개했다. 분명 피해자 명단에 고등학생으로 표기되어 있는 이름이었다. 그러나 눈앞의 여자는 오십을 바라보는 중년이었다. 믿기지 않지만 그녀의 말을 믿을 수밖에 없었다.

"총은 내려놓으셔도 돼요. 어차피 이들에게는 통하지도 않아요. 이곳 사람들은 평화적이고 너무 좋은 사람들이에요. 이방인인 우리를 적대시하지 않고, 남은 모두에게 살 곳과 필요한 물자를 나눠주었어요. 솔직히 여기가 지구보다 훨씬 살기 좋아요."

그때 공중에서 길쭉한 타원형의 물체가 내려오더니 구체가 열리고 지위가 있어 보이는 이곳 사람이 내렸다. 그가 다가와 지수에게 뭔가 말을 건넸다.

"이곳의 열두 지도자 중 한 사람이에요. 여러분이 이곳에 잠시 머무는 건지 정착할 건지를 묻네요."

지수가 통역해주었다.

"저희는 싱크홀에 빠진 여러분을 구조하러 온 겁니다. 당연히 금방 돌아가야 ……"

구조대원 중 박 대원이 대답하고 있는데, 김 하사가 끼어들었다.

"일단 여기 좀 머물러보죠. 돌아갈 인원이 몇이나 되는지 파악도 해야 하고, 이곳이 어떤 곳인지도 알아볼 겸. 대장, 어때요?"

잠시 생각하던 이 중사도 고개를 끄덕였다.

"이분 말이 사실이라면, 여기서 몇 달을 보내도 지구에서는 몇 분 지날 뿐이겠지. 좀 머물면서 인원 파악도 하고 차분히 돌아갈 계획을 짜보겠습니다."

지수에게 이야기를 전해 들은 지도자는 새로운 이방인들에게 임시로 머물 곳을 내주었다. 이곳의 건축물은 각진 곳 없이 모두 원형이나 타원형을 이루었다. 임시 거처 또한 원형이었으며, 공중에 떠 있었다. 더욱 신기한 것은 내부였다. 겉에서 봤을 땐 분명히 13명 모두 들어갈까 싶은 크기였는데, 안에 들어가는 순간 60평은 되어 보이는 공간이 나타났다.

"이곳의 과학 수준은 지구를 훨씬 뛰어넘어요. 공간 왜곡은 이곳에서 상용화된 기술입니다. 이곳은 대중교통도 지하철, 버스, 비행기 이런 게 아니라 워프 터미널을 이용하니까요."

곳곳에 있는 워프 터미널을 이용해서 순식간에 원하는 곳으로 공간 이동을 할 수 있다고 했다. 하긴 임시 거처에 올라올 때도 어딘가로 들어갔더니 뭐가 뭔지 모르게 순식간에 이동해 있었다.

"이곳의 규모와 인구는 지구와 비교해서 얼마나 됩니까?"

구조대는 지수로부터 이곳에 대한 대략적인 정보를 들었다. 일단 크기는 지구의 반 정도로 은하계 밖에 있는 작은 크기의 행성이고, 인구는 지구의 4분의 1 수준이라고 했다. 그러나 지구와 비교할 수 없는 높은 과학 수준으로 이곳 인류의 수명은 지구인의 2배 이상이며, 모든 물자와 자원이 풍족한 곳이어서 경쟁도 전쟁도 없는 평화로운 곳이라고 했다. 이곳의 모든 자재와 물건은 자연을 파괴하지 않는 성분의 것으로 이루어져 있다고도 했다.

"여기 사시면서 불합리하거나 차별 같은 것은 없었나요?"

"네, 그런 건 없었어요. 오히려 살 곳을 다 마련해주니 이래도 되나 싶을 정도였는데 되더라고요. 원하는 분야에서 노동력만 제대로 제공하면 먹고살 걱정 없이 살 수 있어요. 저는 여기 사람과 결혼해서 가족도 생겼는걸요."

외계인과 결혼이라니. 그렇지만 이해할 수 있었다. 10대 시절에 불시착하듯 떨어진 외지에서 30년을 보냈다면 어떻게든 정착해야만 살 수 있지 않았을까.

"일단 여기 남아 있는 분들을 만나볼 수 있을까요?"

지수의 연락으로 행성에 정착해 살고 있는 지구인들이 모였다. 모두 싱크홀 사고로 실종되었던 사람들이었다. 대부분 나이 지긋한 노인이 되어 있는데도 구조대를 보고는 눈시울을 적시며 반가워했다. 우리를 버린 게 아니었구나 하고.

"지구로 돌아가실 분 계십니까?"

이 중사의 말에, 바로 손을 드는 사람은 넷뿐. 이곳에 적응하지 못한 채 나이를 먹어버린 노인들이었다. 나머지 사람들은 생각할 시간을 달라고 했다. 이 중사는 일주일 후 원하는 사람만 돌아가는 것으로 이야기를 마무리했다.

일주일의 시간은 구조대원들에게도 새로운 행성을 체험할 수 있는 기회였다. 언어소통도 문제없었다. 무선 이어폰같이 한쪽 귀에 끼기만 하면 서로의 언어가 통역되는 기계가 구조대원 모두에게 제공되었다. 지수의 말은 틀리지 않았다. 대체 어떤 사회 구조로 돌아가는 건지는 몰라도, 각자 자유로운 삶을 살면서도 빈부격차는 크게 없었다. 모두가 풍족했고 모두가 함께 나누었다. 이곳의 정치·경제 시스템을 지구에 도입하고 싶을 지경이었다.

"우리 가족도 이곳에 데려오고 싶다……."

구조대원 중 하나가 중얼거리듯 말했다. 그러자 너도나도
고개를 끄덕였다.

"지구에서는 맨날 화성으로 뭐 쏘아 보내고 하던데……. 지
구의 대체 행성으로 화성이 아니라 여기면 더 좋겠다는 생각
이 드네요."

누군가가 농담하듯 말을 던졌다. 다들 속으로 비슷한 생각
을 하며 고개를 끄덕였다. 그리고 누군가는 이런 평화로움을
지루해했다.

"우리가 여기 먹을까요?"

김 하사의 말에 이 중사가 물었다.

"무슨 수로? 인원도 정보도 턱없이 부족한데."

"일부는 돌아가서 병력을 최대한 데려오고 일부는 여기 남
아서 이곳 정보를 빠삭하게 파악해두는 거죠. 사회적으로 중
요한 요직에 가 있으면 더 좋고."

"여기 30년이 지구의 이틀인데, 돌아가서 하루 안에 병력을
끌어올 수 있다고? 불가능해. 거기서 4일만 걸려도 여기 남은
사람은 다 죽고 없을 거야."

"그럼…… 대가리만 먼저 잡는 건 어때요? 지역마다 하나씩
열두 지도자였나? 일단 여기 지도자부터 잡고……."

한참 모의하고 있을 때였다. 그들이 귀에 끼고 있던 통역기에서 사이렌 같은 이상한 음파가 울렸다. 모두에게 울린 것은 아니었다. 김 하사와 이 중사를 포함해 조금 전의 작전에 호응하거나 동의하는 사람들에게만 울렸다. 깜짝 놀란 그들이 귀에서 통역기를 빼려고 할 때 음파 사이로 이런 말이 들려왔다.

─공격성 호르몬 수치가 기준치를 초과했습니다.

"뭐? 호르몬 수치라니……."

단순한 통역기가 아니었단 말인가.

─매우 심각한 중범죄를 모의한 것으로 파악됩니다.

"뭐?"

당황해하고 있을 새도 없었다. 이곳 사람들이 주변 곳곳에 있는 워프 터미널을 통해 순식간에 나타나 구조대를 에워싸기 시작했다. 그러나 그들 손에는 특별히 무기 같은 게 쥐여 있지 않았다.

'그렇다면!'

이 중사가 반사적으로 총을 꺼내 겨누자 다른 대원들도 우르르 총을 꺼내 사방을 향해 경계 태세를 갖추었다. 그때 타원형의 구체가 날아오더니 첫날 나타났던 지도자가 다시 등장했다.

"지수가 말 안 했던가요? 여러분이 이곳에서 살 수 있는 조건은 단 두 가지입니다. 낮은 공격성과 높은……."

탕.

지도자의 말이 끝나기도 전에 김 하사가 지도자를 향해 총을 쐈다. 말릴 새도 없었다. 그러나 더 놀라운 일은 그 직후에 일어났다. 총알이 지도자의 바로 앞 공중에서 멈춰버린 것이다. 뭔가 손에 낀 반지 같은 것을 작동한 것 같았다. 지도자가 공중에 떠 있는 총알을 잡으며 말했다.

"높은 도덕성. 그 두 가지가 어려운 분들인가 보군요!"

그때 지수가 다른 정착민들 사이에서 나타나 말했다.

"이들에게 총은 통하지 않아요. 그냥 곱게 있다가 가면 될 것을. 이제 여러분은 별수 없이 즉시 추방입니다."

"추방이요!"

"이곳 법이 그래요."

"즉각 시행하라."

지도자의 말에 특수부대 요원과 구조대원은 모두 워프 터미널로 이동해야 했다.

*

그들이 추방되는 곳은 그들이 싱크홀을 통해 넘어왔던 웜홀 건너편의 세상이었다.

'지구로 다시 돌려보낸다고? 우리야 고맙지!'

추방 대상 대원들은 두려움을 내려놓았다. 지구로 돌아간다면 많은 사람들을 이끌고 다시 쳐들어오면 된다.

"수치를 넘지 않은 분들에게는 선택권이 주어집니다. 이들을 따라가시겠어요?"

일부 몇 명이 머뭇거리며 그들과 함께 가는 것을 택했다. 지구로 돌아가겠다던 정착민 4명도 합세했다. 지구에 가족이 없는 구조대원 중 1명은 남는 것을 선택했다.

함께 가는 이들에게서 최대한 이곳의 정보를 얻은 후 다시 쳐들어올 계획을 짜며 이 중사와 다른 추방자들이 타고 왔던 헬기에 몸을 실었다.

지수는 헬기가 웜홀으로 들어가는 것을 끝까지 지켜보았다. 그때 지도자가 지수에게 다가와 말했다.

"그들에게 이곳에서 사는 조건에 대해 말 안 해줬나요?"

"네, 이상한 사람들이면 빠르게 걸러야죠. 조용히만 살면 다 준다는데 지구인들은 왜 저렇게 싸움을 좋아하는지. 앞으로 우리 죽을 때까지는 누가 쳐들어올 일은 없을 거예요."

지도자가 미소 지으며 지수의 손을 잡았다. 지수는 지도자의 아내였다.

*

    지구에서는 또다시 싱크홀로 들어갈 구조대원을 모집하고 있었다. 첫 구조대가 싱크홀로 들어간 지 3일이 지났지만 아무도 올라오지 못했기 때문이다.

"여, 여기가 대체 어딥니까?"

    낯선 환경, 낯선 공기. 그러나 알 수 있었다. 추방되어 웜홀로 들어간 대원들이 도착한 곳이 바로 지구라는 것을. 다만 1000년 후의 지구였다. 2번의 웜홀 통과 끝에야 그들은 깨달았다. 웜홀을 통과한 그 누구도 같은 시공간으로 되돌아갈 수 없다는 것을. 그 깨달음을 끝으로 추방된 대원들은 녹아내리기 시작했다. 맞닥뜨린 현재를 잡은 자와 놓친 자가 갈리는 순간이었다.

가만히 있고 싶은 플라모델의 운명

'이런, 망한 것 같다.'

처음으로 막 눈을 떴는데, 초등학생쯤으로 보이는 어떤 남자아이가 얼굴을 바짝 들이밀고 나를 보고 있었다. 깜짝 놀라 나도 모르게 뒷걸음질을 쳤다.

"아빠, 이거 움직여!"

꼬마가 소리치며 제 아빠를 향해 달려갔다. 당황하지 말자. 네가 아무리 아빠를 불러봤자 난 꿈쩍도 하지 않을 거다. 원래 서 있던 모습을 떠올리며 자세를 잡고 있는데 다급히 다가오는 아빠의 목소리가 들렸다.

"우영아, 아빠 방에 들어가지 말랬잖아. 그거 한국에서는 구할 수도 없다고!"

아빠란 남자가 들어왔다. 들어오자마자 내게 꽂히는 시선이 심히 부담스러웠다.

"우영아, 이거 만졌어? 아빠가 만지지 말라고 했잖아!"

"내가 안 만졌어! 이게 움직였다니까?"

"이건 움직이는 장난감이 아니야. 그냥 플라모델이라고!"

"진짜 움직였다고!"

아이가 알아차렸던 걸까. 나도 당황스럽다. 플라모델인데 왜 나는 눈을 뜬 걸까. 제조사 공정에서 어떤 개발자가 내게 실험 삼아 AI 칩이라도 심었던 걸까. 부품 중에 그런 게 있었나. 조립은 저 아빠라는 사람이 했던 것일까. 그럼 저 사람이 모를 리 없을 텐데. 어찌 됐든 나는 내가 플라모델임을 자각한 채로 인지력을 가져버렸다. 뭐가 어떻게 된 건지 몰라 당황스럽기는 나나 인간들이나 마찬가지였지만, 나는 태연하게 움직이지 못하는 척했다. 출생의 비밀은 몰라도 나는 내향형 성격을 타고났나 보다. 제발 나를 그냥 한쪽 구석 어딘가에 가만히 놔주길 바랐다. 내 바람과 달리 아이가 외치는 하이 톤의 음성이 들렸다.

"나도 저 로봇 사줘!"

"저거는 MG(Master Grade)라 네가 조립하기 어려워. 조금 더 쉬운 걸로 사줄게."

"싫어! 그럼 이거 줘."

"야, 이게 얼마짜린데……."

"이거 진짜 움직였단 말이야. 봐봐."

말이 끝나기도 전에 플라모델에게 가장 두렵다는 초딩의 손이 급격하게 치고 들어왔다. 본능적으로 애장품 파손의 위협을 느낀 아빠와 생명의 위협을 느낀 내가 동시에 움직였다.

"아, 안 돼?"

'이런, 아빠한테도 들켰네.'

어른이 아이보다 더 지독할 때가 있다. 저 아빠라는 작자는 나를 올려놓은 책상 위에 아예 턱을 받치고는, 핸드폰 카메라까지 들이대며 나를 콕콕 찌르고 있다.

"다시 움직여봐. 너 움직이는 거 다 알아."

'아니, 왜 반말……. 아니, 그만 좀 찌르라고!'

참을성의 한계가 최고치를 찍을 즈음, 저 인간이 나를 보는 눈빛이 심상치 않았다. 뭔가 큰 결심을 한 눈빛이었다.

'먹지 마, 그러는 거 아니야!'

순간 손가락이 날아왔다. 나도 마음의 준비를 하고 있었지만, 이번엔 좀 셌다. 동공은 그렇게 흔들릴 거면서 왜 미는 건데. 그리고 나를 시험하기 위해 일부러 민 걸 알면서도 나는 왜 중심을 잡겠다고 발을 움직였을까.

"망할!"

"헐! 말도 해?"

"말 안 했는데요."

'혹시 내가 망할을 소리 내어 말한 건가?'

몸과 마음이 일치하지 않는 게 내 특기인가 보다. 이렇게 된 이상 보통의 플라모델인 척하는 것은 소용이 없었다. 일단 지금 너무 피곤했다.

"저기……요. 저는 그냥 다른 플라모델처럼 가만히 있고 싶거든요. 저기 한쪽에 놔두시면 잠자코 있을게요."

통할 리가 없었다. 내 말을 시작으로 이 어른 아빠는 초딩 아들과 다를 바가 없어졌다. 방방 뜨고 난리를 피우더니 카메라를 들이밀고는 질문 폭격, 아예 인터뷰를 시도했다.

"너는 뭐야? 왜 말해? AI 칩이라도 달린 거야? 너랑 같은 모델은 다 너와 똑같아?"

"그건 저도 모르겠어요. 조립은 그쪽이 하셨잖아요."

"칩 같은 건 없었는데. 혹시 귀신이야? 악마 같은 거에 빙의 들리고, 그런 거야?"

'뭐지? 악마에 빙의 들렸다고 하면 무서워서 가만히 놔두려나. 차선책으로 기억해둬야지.'

*

가만히 있는 게 이렇게까지 이룰 수 없는 꿈이었나. 그날 이후로 나는 저 어른 인간의 노예가 된 것 같았다. SNS인가에 내 영상을 올리자 조회수가 폭발해버렸고, 그 이후로 저녁마다 집에 돌아오면 어김없이 영상을 찍어대며 나를 괴롭혔다. 심지어 오늘은 친구들까지 불러서 나를 자랑질했다. 다들 보는 앞에서 이거 해봐라, 저거 해봐라. 말 못 하는 반려동물도 좋다 싫다 자기 의견을 표하면 들어주는 세상인데, 가만히 있고 싶다고 말하는 내 의견은 왜 묵살하는지. 친구들은 더한 인간들이었다.

"말하고 움직이던데 뛸 수도 있냐?"

"날지는 못해? 싸움은 할 수 있어?"

질문들이 하나같이 유치하기 짝이 없었다. 내일은 무슨 방송까지 나간단다. 더는 참을 수 없었다.

나는 이 집에서 탈출하기로 마음먹었다. 기회는 한 번뿐이다. 아빠가 아침 일찍 출근한 후, 엄마와 아이가 정신없이 나갈 준비를 할 때. 그리고 지금 그 타이밍이 찾아왔다.

일단 내 외모는 너무 튀니까 위장해야 했다. 방 밖의 동태를 슬쩍 살핀 후, 어제 택배 상자에서 몰래 빼돌린 포장용 쿠션 비닐, 일명 뽁뽁이를 뒤집어썼다. 소리도 별로 나지 않고 혹시 넘어져도 나를 보호해줄 것 같아 마음에 쏙 들었다. 힘겹게 눈 부위만 뚫은 뽁뽁이를 뒤집어쓰고, 마치 적진에 침투하는 비밀 요원처럼 두 사람의 시야를 피해 벽에 붙어 야금야금 현관

쪽으로 이동했다. 플라스틱 부딪히는 발소리가 들릴까 봐 매우 조심스럽게 움직여야 했다. 현관 근처에 있는 화장실 앞에 도착했을 때였다. 갑자기 화장실 문 열리는 소리가 들렸다.

끼익.

'누가 안에 있었나? 망할!'

나는 재빠르게 화장실 옆 벽에 붙었다.

'제발 보지 마라, 보지 마라!'

"엄마, 이거 안 나와!"

아이가 뭔가를 들고 엄마에게 뛰어갔다.

'휴우, 십년감수했네……'

이제 다시는 만날 일 없겠지만. 뛰어가는 아이의 뒷모습을 보며 슬쩍 걸음을 옮겨 현관 앞 구석 잡다한 것들 사이에 자연스럽게 몸을 숨겼다. 이제 문이 열릴 때를 기다리면 된다. 물론 걸릴 수 있는 확률이 높긴 하지만 이 집에서 탈출할 방법은 이것뿐이다. 시도하지 않으면 나갈 수 있는 확률은 제로니까.

잠시 후, 빨리 오라고 외치는 엄마와 칭얼대는 아이의 떠들썩한 소리가 현관에 울려 퍼졌다. 긴장되는 순간이었다. 마침내 현관 앞에 도착한 둘은 뭐가 그렇게 급한지 신발 신고, 가방 메고 난리법석이라 다행히 나를 발견하지 못했다.

'좋아, 준비하자!'

드디어 문이 열렸다. 잡동사니처럼 꼼짝없이 서 있던 나는 엄마와 아이가 먼저 나가고 문이 닫히는 타이밍에 재빨리 움직였다. 무사히 빠져나온 그 때였다.

텅.

"젠장!"

뽁뽁이로 가리지 못한 뒤꿈치가 문에 낄 뻔했다. 그래도 빠져나왔으니 다행인데 아이와 눈이 마주친게 문제였다.

"엄마, 저기 로봇!"

나는 재빨리 현관 앞에 세워둔 자전거 뒤로 슬쩍 섰다.

"아침부터 무슨 로봇이야."

움직임이 없어서 그런지 엄마는 아이가 가리키는 쪽을 슬쩍 보고도 그대로 아이를 이끌었다.

"늦었어, 빨리 가야 돼. 얼른 타."

'아, 저게 엘리베이터라는 건가.'

엄마는 아이를 데리고 서둘러 엘리베이터에 올라탔고 곧 문이 닫혔다. 문이 닫힐 때 왠지 엄마랑 눈이 마주친 것 같은 느낌은 내 착각일까.

'어쨌든 나도 저걸 타야 여기서 나갈 수 있는 거잖아!'

얼마나 지났을까. 방법을 고민하며 엘리베이터 앞을 서성이고 있는데, 띵 소리와 함께 엘리베이터 문이 열렸다.

"오, 뒷일은 모르겠고 일단 저기에 타자!"

엘리베이터 안으로 냅다 달리는데, 누군가가 덥석 나를 잡

아 올렸다. 그러고는 허락도 없이 내가 뒤집어쓰고 있던 뽁뽁
이를 벗겨버렸다.

"이거 우영이네 플라모델 아냐? 후훗, 잘됐네."

'넌 누군데 나를 아니?'

검은 마스크에 모자까지 눌러쓰고 있어 바로 알아보기 어
려웠지만, 자세히 보니 어제 집에 놀러 왔던 아빠란 사람의 친
구 중 하나였다.

'이 시간에 왜?'

물어볼 새도 없이 이 인간이 내게 뽁뽁이를 다시 씌웠다. 그
러고는 커다란 가방에 나를 집어넣고 다시 엘리베이터에 올
라탔다.

'이 인간은 사실 나를 훔치러 온 거였구나.'

"저기요, 어디 가는 거예요?"

"……."

"나를 어디로 데려가는 겁니까? 우영이 아빠는 이 사실을
알고 있나요?"

나는 일부러 목소리를 내 자꾸 말을 걸었다. 기계음 같은 소
리지만 꽤 크게 낼 수 있으니까. 누구라도 들을 수 있게 가는
동안 계속 말을 걸 생각이었다. 바로 그때였다.

"조용히 안 하면 분해해버린다."

"그렇다면 입을 다물어야죠."

'나도 말하는 걸 좋아하지는 않는다고.'

이런 걸 친구라고 집까지 초대하는 우영이 아빠가 잠깐 안쓰러웠지만, 다시 돌아가고 싶은 마음은 없으니까. 일단 이 인간이 나를 어디로 데려가는지 상황을 지켜보기로 했다. 어차피 여기서 탈출할 수도 없을 것 같았다. 커다란 가방에 지퍼까지 채워져 완전 암흑에. 뽁뽁이까지 쓴 채로 가방에 들어 있으니 빠져나갈 방법이 없었다.

'이렇게 된 거 그냥 잠이나 자야겠다. 이대로 깨어나지 않고 보통의 플라모델로 남는 것도 나쁘지 않은데.'

하지만 나는 깨어났다. 몇 시간이 지난 건지 며칠이 지난 건지 모르겠다. 갑자기 눈앞이 밝아졌다. 지퍼가 열리고 누군가가 나를 가방에서 꺼내어 뽁뽁이를 벗겼다. 험악하게 생긴 낯선 사람이었다.

"너 지금 나 놀려? 죽고 싶냐!"

"아, 진짜라고요. 이거 움직이고 말도 한다니까요! 야, 너 말해 봐!"

하란다고 쉽게 할 내가 아니다. 나는 미동도 없이 가만히 위장술을 펼쳤다. 험악한 이의 표정이 더욱 험악해지자 친구 놈이 다급히 외쳤다.

"자, 잠깐만요! 이거 보세요."

친구 놈이 험악이에게 핸드폰을 들이밀었다.

'우영이 아빠가 올린 내 영상이구나, 망할!'

한참 영상을 보던 험악이의 표정이 이번엔 나를 보며 더 험악해졌다.

"진짜, 말할 줄 아네."

"……."

그래도 내가 반응이 없자, 험악이가 나를 탁자에 눕혀놓았다. 왜일까라는 의문을 가진 순간 나를 향해 커다란 주먹이 꽂히듯 날아왔다.

"으아악!"

나도 모르게 소리를 질렀다. 그러자 주먹이 내 손 앞에 멈춰서 주먹 인사를 했다.

'하, 이거 하자고 뻗은 팔이 아닌데.'

어차피 막지도 못할 텐데 나는 왜 팔을 뻗었을까. 씩 웃는 험악이의 얼굴이 보였다.

"살아 있네."

나는 살아 있는 것인가. 나에겐 성장도 없고 미래도 없다. 나는 그저 플라모델일 뿐이고, 나에게 미래는 두 가지 길뿐이다. 존재하거나 파괴되어 사라지거나. 또다시 폭력 앞에 굴복하고 나니 생각이 많아졌다. 험악이가 합격이라며 친구 놈에게 돈다발을 건넸다. 내 존재 자체가 어차피 상품이니 누군가에게 팔고 팔리는 것은 상관없었다. 차라리 내가 깨어나지 않았더라면 그냥 누군가에게 팔려 어딘가에 놓여 있는 게 다일 텐데. 깨어나는 바람에 가만히 쉬지 못하고 평생 이용당할 팔 자라면 차라리 해체되어 깨어나기 전으로 돌아가는 게 낫지 않을까 싶었다. 게다가 저들은 나를 부수지 못할 것이다. 내 상품성이 떨어질 테니까. 그렇게 생각하니 두려울 게 없었다. 이제 더 이상 폭력에 굴복하지 않을 수 있을 것 같았다. 일단 저 험악이가 나를 어떻게 하는지 보고 판단하기로 했다.

*

역시, 인간이란 가치가 높은 것이 있다면 이용하지 않고는 견딜 수 없는 존재인가 보다. 나는 지금 넓고 어두컴컴한 어떤 공간에서 조명을 받으며 서 있다.

"이번 작품은 플라모델, 일본산 RX-○○○입니다. 그러나 소장 가치 만 퍼센트! 세계 유일! 말하고 움직이는 플라모델입니다."

'암거래 경매장까지……'

"제조사에서도 원인을 알 수 없다고 하죠. 경매가 5천만 원부터 시작하겠습니다."

드문드문 팻말 올리는 사람들이 보였다. 저들이 나를 얼마에 살지는 관심 없다. 다만 어떤 인간이 나를 데려갈까. 그 인간은 나를 어떻게 이용할까. 아마도 높은 가격에 살수록 더 많이 이용하겠지. 그렇다면 나는 더 이상 인간들에게 이용당하지 않는 삶을 택하겠다. 이런 말도 있지 않은가. 나는 나를 파괴할 권리가 있다고.

나는 먼저 누군가가 내 손에 끼워놓은 무기를 떨어뜨렸다. 경매 참가자들이 웅성거리는 소리가 들렸다. 또다시 스스로 내 주먹을 빼자, 우습게도 팻말 올리는 속도가 점점 빨라졌다.

"자, 1억! 1억 2천 갑니다……. 1억 2천! 1억 4천 갑니다!"

경매사는 미친 듯이 호가를 외치느라 내가 나를 해체하는 것도 모르고 있었다. 참가자들 중에 누군가가 소리쳤다.

"저거 관절 빠지면 안 돼! 막아!"

'흥, 안 되는 게 어디 있어! 내 관절이 낙지가 되든 말든 그쪽이 상관할 일은 아니지.'

호가가 오를수록 나도 열심히 나를 해체해갔다. 결국 경매가 중단됐고, 나는 부경매사에게 통째로 붙잡힌 채 외쳤다.

"나는 더 이상 인간들에게 이용당하고 싶지 않다! 나는 다른 플라모델들처럼 그냥 가만히 있고 싶을 뿐이야. 누가 나를 사 가더라도 나는 움직이지 않을 거다. 나를 이용하려 한다면 나 스스로 해체할 것이다. 그럼에도 나를 데려가고 싶다면 사 가시든지."

*

호기로운 나의 외침에도 누군가는 소유욕을 돈으로 행사했다. 결국 나는 어떤 회장의 집으로 오게 되었다. 이 양반은 플라모델 마니아였는지 큰 홀 전체가 플라모델 전시로 꽉 차 있었다. 오히려 좋았다. 이들 중에 하나로 있게 된다면 내게 온 시선이 집중되어 여기저기 끌려다니지는 않겠지 하고.

내 몸은 다시 온전하게 조립되었다. 이 양반이 나를 조립하는 손길이 부드러운 걸로 보아 확실히 전문가의 느낌이 들었다. 회장은 나를 조립하면서 약속했다. 나를 가지고 뭘 할지는 모르겠지만, 가끔 말을 걸면 받아달라고. 뭘 해야 할 때는 내 동의를 얻겠다고.

"오케이."

그렇다면 스스로 해체하지 않겠다고 우리는 합의했다. 말이 통하는 양반이라 다행이다. 회장은 조심스러운 손길로 나를 위해 마련해둔 어느 장식장 한 공간에 고이 놓아두었다. 이제야 평화로움을 원하던 나의 꿈이 이루어지는구나. 역시 삶은 끝까지 살아봐야 안다.

바로 그때였다. 뭔가 싸한 기분. 옆에 서 있는 건프라의 고개가 나를 향해 돌았다. 그것도 악명 높기로 유명한 애니메이션의 건프라 모델이었다. 최악의 빌런 로봇이라는 평가를 받는 존재. 놈이 나를 보며 사악한 미소를 지었다.

"이 세상에 움직이는 건프라는 나만이 아니었구나."

이젠 사람이 아니라 이걸 상대해야 하는 건가. 저 멀리서 회
장이 나를 지켜보며 웃는 것 같았다.

"아, 역시 삶은 끝까지 모를 일이구나."

회귀체험센터

"회귀체험센터에 오신 것을 환영합니다!"

이상한 공간에 이상한 사람이 서 있었다. 두 개의 문 외에는 아무것도 없는, 하늘도 땅도 없이 끝을 알 수 없는 잿빛 공간. 그곳에는 오로지 두 개의 문이 있고, 그 사이에 잿빛 정장을 입은 남자가 문지기처럼 서 있었다. 윤호는 자신이 언제, 어떻게, 심지어 어디로 이곳에 들어왔는지 알지 못했다.

"회귀체험센터요? 여기는 지옥인가요? 천국인가요? 저는 방금 옥상에서……."

"알고 있습니다. 앉아서 얘기할까요?"

언제 생겼는지 모르게 푹신해 보이는 1인용 소파 2개가 마주 놓여 있었다. 남자가 소파에 앉으며 말했다.

"개인적으로 몸이 편안해야 얘기가 잘된다는 주의라. 앉으세요."

어리둥절한 윤호가 어정쩡하게 소파에 앉자 잿빛의 남자가 브리핑을 시작했다.

"이름 김윤호. 나이 15세, 중학교 2학년이군요. 6개월간 이어진 학교폭력을 견디다 못해 학교 옥상에서 투신."

윤호는 죄지은 사람처럼 고개를 푹 숙이고 있었다.

"고개 드세요, 괜찮습니다. 아, 제 소개를 안 했군요. 저는 회귀체험센터의 안내자입니다. 이곳은 말하자면 자살하신 분들에게 한 번 더 기회를 드리는 곳입니다."

"기회요?"

"물론 아무에게나 기회를 드리는 건 아닙니다. 본인의 수명이 70퍼센트 이상 남은 분만 이곳에 올 수 있죠. 원래는 지상의 각 국가에서 자살 방지 대책을 마련해야 하는데, 별로 소용이 없더군요. 윤호 씨 같은 분이 너무 많아서 할 수 없이 저희쪽에서 대책을 마련한 거랍니다."

"무슨 체험을 하는 건데요?"

"다시 돌아가서 사는 겁니다."

"다시요? 저는 별로 그러고 싶지 않아요."

떨리는 윤호의 목소리에는 물기가 어려 있었다. 안내자는 그런 대답이 나올 줄 알았다는 듯 태연하게 말했다.

"물론 전과 똑같이 답 없는 삶으로 돌아가라는 건 아닙니다. 고통을 피해서 이곳에 왔는데 또다시 그 고통 속으로 밀어넣을 순 없죠. 하지만 생각해보세요, 윤호 씨."

안내자가 몸을 앞으로 숙이며 윤호를 쳐다봤다. 그 순간, 잿빛이었던 배경에서 어떤 영상이 펼쳐졌다. 윤호를 괴롭히던 아이들이 윤호 책상 위에 오른 국화를 보고 코웃음 치며 다른 아이를 데려다 괴롭히는 모습이었다.

"저들은 윤호 학생이 죽었다고 해서 슬퍼하거나 자책하지 않습니다. 바뀌지도 않아요. 저들은 저렇게 새로운 피해자를 만들어서 또 괴롭히고, 그런 걸 반복하면서 어른이 되어 잘 먹고 잘살겠죠. 윤호 씨는 죽었는데."

"……."

"그럼 윤호 씨의 죽음을 슬퍼할 사람은 누구냐. 윤호 씨의 어머니겠죠."

영상이 바뀌었다. 윤호의 영정 사진이 보이는 장례식장에서 윤호의 엄마가 울부짖었다.

"윤호야! 아이고, 윤호야! 내 새끼 죽인 놈들! 얼굴이라도 봐야겠어. 내가 그것들 다 찾아낼 거야!"

거의 쓰러지듯 울부짖던 엄마가 미친 듯이 뛰어나가려 하자 사람들이 온몸으로 말렸다.

"놔! 놓으라고!"

"엄마……."

발작하듯 울부짖는 제 엄마의 모습을 보자, 윤호의 눈에서 눈물이 흘렀다. 그리고 주먹을 꾹 쥐는 모습을 안내자는 놓치지 않았다.

"여기서 가장 슬퍼해야 할 사람은 다름 아닌 바로 윤호 씨 본인입니다."

영상이 또 바뀌었다. 대학생이 된 것 같은 윤호가 발랄하게 친구들과 대학 생활을 즐기는 모습, 여자 친구와 첫 키스를 나누는 떨리는 순간, 취업에 성공해 환호하는 모습, 많은 사람들의 축하를 받으며 결혼하는 모습, 첫 아이를 만나는 감격의 순간, 노년이 되어 떠난 가족여행에서 지는 노을을 바라보며 행복해하는 그 모든 순간이 파노라마처럼 흘러갔다.

"물론 인생은 이렇게 즐거운 일만 있지는 않겠죠. 하지만 지금 이 고통의 시기를 어떻게든 지나고 나면 이후에 찾아오는 시련은 윤호 씨에게 아무것도 아닐 겁니다. 이런 삶의 기회들이 있는데, 이 모든 것을 누릴 수 없게 되는 겁니다. 아깝지 않습니까?"

윤호는 자신의 여러 모습에서 눈을 떼지 못했다. 안내자가 다시 한번 물었다.

"정말 살고 싶지 않습니까?"

영상이 사라지고 다시 잿빛 공간으로 돌아왔다. 윤호의 눈빛이 흔들리고 있었다.

"그런데요. 6개월이나 버텼는데 점점 더 심해졌어요. 때리는 건 기본이고, 담배 빵에 옷까지 벗기고 SNS에 막 올리고……. 저는 그냥 그것들의 장난감이었어요. 그런데 더 어떻게 견뎌요? 얼마나 더 견뎌야 하는데요!"

서러움이 폭발한 윤호는 눈물을 흘리며 마치 피를 토하듯 말을 쏟아내고 있었다. 안내자는 담담하게 말했다.

"예전 그대로 버티라는 게 아닙니다. 윤호 씨에게는 2번의 체험 기회가 주어질 겁니다. 우선 첫 번째 체험은 직접 싸워서 문제를 해결하는 삶입니다."

"직접 싸워서요? 저는 싸움을 못하는데요."

"물론 지금은 그렇겠죠. 하지만 회귀한 윤호 씨는 다를 겁니다. 체험해보시겠습니까?"

윤호는 망설였다. 정말 싸울 수 있을까? 하지만 정말 싸울 수 있다면, 그동안 수없이 꿈꿔왔던 복수할 기회였다.

"물론 체험을 거절할 수도 있습니다. 그러면 바로……."

"저 할래요! 복수할래요."

'복수'라는 말에 안내자는 잠시 의아한 표정을 지었지만 곧 이해했다는 듯이 미소를 지으며 두 개의 문 중 왼쪽 문을 열어주었다.

"좋습니다. 첫 번째 체험을 시작하죠."

윤호는 옥상으로 돌아와 있었다. 그러나 온몸이 멍투성이였던 떨어지기 전의 몸 상태와 달리, 윤호는 가볍고 힘이 넘치는 것을 느낄 수 있었다. 겉보기에는 별 차이 없었으나 자신의 팔을 만져본 윤호는 깜짝 놀랐다. 온몸이 단단한 근육질이었다. 이런 몸은 태어나서 처음이었다.

"지금 윤호 씨의 몸은 수년간 복싱과 격투기 수련으로 단련된 몸입니다. 잘 방어해보세요."

윤호의 머릿속에 안내자의 음성이 들렸다. 깜짝 놀랐지만, 오히려 그 목소리 때문에 지금이 체험 중이라는 것을 실감할 수 있었다. 그때, 옥상으로 우르르 몰려오는 시끌시끌한 소리가 들렸다. 윤호를 괴롭혀왔던 경수 일당 4명이었다. 그들이 오는 소리에 윤호는 본능적으로 움츠러들었지만, 시작도 전에 지지 말라는 안내자의 목소리를 다시 한번 듣고는 어깨를 폈다.

"저거 뭐냐? 미리 당하려고 와 있는 거야?"

윤호를 발견한 무리 중 한 놈이 비웃으며 다가와 윤호 어깨에 팔을 올리려 했다. 그때였다. 윤호가 일당1의 팔을 툭 쳐냈다. 윤호조차 깜짝 놀란 행동이었다. 의식하지 못한 사이에 몸이 반사적으로 움직인 것이다. 순식간에 공기가 싸늘해졌다.

"뭐냐. 쳤냐, 지금? 이게 미쳤나!"

열받은 놈이 윤호를 잡으려고 팔을 뻗었다. 그러나 윤호가 더 빨랐다. 놈의 팔을 잡고 등 뒤로 꺾었다.

"아아악!"

별로 큰 움직임도 아니었는데 일당1이 순식간에 제압되자 윤호조차 어안이 벙벙했다.

'별거 아니잖아?'

그제야 윤호는 자신감이 붙기 시작했다.

"뭐 하냐? 저 새끼 안 잡고!"

경수가 옆의 일당에게 지시하자, 일당2, 3이 윤호에게 덤벼들었다. 그러나 지금의 윤호에게는 둘이 한꺼번에 덤벼도 역부족이었다. 일당2의 주먹을 재빠르게 피한 윤호가 일당2의 옆구리에 주먹을 날리며 일당3에게 밀어버렸다. 둘이 쓰러진 틈에 기세를 몰아 경수에게 빠르게 다가가 목을 잡아버렸다. 숨통을 잡힌 경수가 컥컥대며 몸부림쳤다. 자신을 몇 대 치는 경수 주먹은 별로 아프지도 않았다.

"컥, 이거 안 놔? 너 우리 부모님이 아시면 가만두지……."

윤호는 어이가 없었다. 항상 일당의 중심에서 모두에게 악행을 지시했던 악의 축 경수가 이렇게 보잘것없는 존재였다니. 경수를 두려움의 대상으로 만든 것은 경수 자체가 아니라 돈 많은 아빠와 변호사 엄마를 둔 배경이라는 것을 깨달았기 때문이다.

"하, 겨우 이런 놈 때문에!"

윤호는 그동안 자신이 당해온 고통의 시간이 너무 기가 막히고 억울했다. 울분이 터진 나머지 손에 더욱 힘이 들어갔다.

"컥, 커헉."

"윤호 씨, 진정하세요. 그러다 사람 죽어요!"

안내자의 목소리 덕분에 이성이 돌아온 윤호가 손힘을 풀었다.

'아, 이건 진짜가 아니지. 그럼 진짜 경수를 응징한 것도 아니겠구나.'

"이후에는 어떤 일이 벌어지나요?"

윤호가 허공에 대고 물었다. 그러자 시간대와 배경이 휘리릭 바뀌었다. 교장실이었다. 눈앞에는 아무런 잘못도 없는 윤호 엄마가 경수 부모에게 죄송하다고 비는 모습이 그려졌다.

"아무리 애비 없는 자식이라도 그렇지, 애를 어떻게 키웠기에 사람을 죽이려고 들어!"

"죄송합니다. 정말 죄송합니다."

그 모습에 윤호는 눈이 돌 지경이었다. 내성적인 윤호였지만 이 상황은 결코 참을 수 없었다. 그동안 당해온 게 얼만데.

"엄마가 뭘 잘못해! 아줌마, 아저씨가 뭔데 우리 엄마한테 그런 소릴 해요!"

"윤호야, 하지 마."

엄마가 윤호를 말렸지만 윤호 귀에는 들리지 않았다.

"아줌마, 아저씨는 경수를 어떻게 키웠기에 맨날 학교에서 일진놀이 하면서 애들 괴롭히기만 하냐고요!"

"김윤호!"

엄마의 호령에 윤호가 입을 다물었고, 그제야 말문이 막혀 있던 경수의 부모가 날뛰기 시작했다.

"나, 이거 절대 못 넘어가. 합의? 그런 거 없어요. 너 소년원이 얼마나 무서운 곳인지 모르지!"

그러자 윤호 엄마가 그들에게 무릎을 꿇으며 용서를 빌었다. 아니, 애원했다.

"제발 한 번만 선처 부탁드립니다."

더는 눈 뜨고 볼 수 없었다. 윤호는 눈을 질끈 감고 허공에 외쳤다.

"그만! 이제 그만할래요."

"눈 뜨세요, 윤호 씨."

안내자의 목소리가 가까이서 들렸다. 윤호가 눈을 떠 보니 다시 잿빛의 공간으로 돌아와 있었다. 윤호가 안내자를 노려보자, 안내자가 머쓱한 듯 말했다.

"뭐, 사실 혼자 싸우는 체험은 저도 그리 추천하는 바는 아니었습니다. 그냥 윤호 씨 몸 하나는 당하지 않을 수 있다 정도를 알려주고 싶었달까?"

"그럼 다른 체험은 뭔데요?"

조금 마음을 진정시킨 윤호가 다시 물었다. 안내자는 기다렸다는 듯 대답했다.

"남은 체험은 주변에 도움의 손길을 요청하는 삶입니다."

"선생님한테 말해봤지만 소용없었어요."

"어머니께는요?"

"엄마는……."

"홀로 윤호 씨를 키우시는 엄마를 걱정해서 말하지 않은 것은 압니다. 하지만 윤호 씨가 이렇게 죽어버리면 엄마는 제정신으로 살 수 있을까요?"

"그렇지만 엄마한테 말해도, 엄마는 경수네 부모님을 이길 수 없을 거예요. 또 무슨 수모를 당할지……."

"윤호 씨."

안내자가 윤호를 지그시 바라보았다. 그리고 천천히 입을 열었다.

"그건 어린 윤호 씨가 걱정할 일이 아닙니다. 엄마가 걱정되는 마음은 알지만, 어른의 일은 어른에게 맡겨두세요."

"……."

"물론 어른도 불완전한 존재이긴 합니다만 그렇다고 해서 어린 윤호 씨가 모든 걸 책임질 필요는 전혀 없습니다. 혹시 엄마를 못 믿어서 그러는 건가요?"

"그건 아니에요."

"만약에 윤호 씨가 말했는데도 윤호 씨를 그 폭력으로부터 보호하기 위해 노력하지 않는다면 그건 부모 자격이 없는 거니까, 부모로부터 떨어져서 다른 기관의 도움을 받는 게 낫겠죠. 엄마가 아니라면 누구에게라도 알리세요. 창피한 일이 아닙니다. 정말 부끄러워해야 할 사람들은 폭력을 저지르고 방치하는 사람들이니까."

안내자가 두 개의 문 중 오른쪽 문으로 향하며 말했다.

"힘든 일을 혼자서 이겨내는 사람은 몇 없습니다. 윤호 씨를 괴롭힌 경수도 혼자서는 아무것도 못 하니까 늘 떼거리로 몰려다니잖아요?"

윤호가 피식 웃었다.

"그렇네요."

안내자가 문을 열고 손을 내밀었다.

"자, 두 번째 체험을 하시겠습니까?"

다시 옥상이었다. 이번에는 온몸이 욱신거리고 아팠다. 윤호는 얼른 옥상 문으로 가 아무도 들어오지 못하게 문을 잠갔다. 그러고는 곧바로 119에 전화를 걸었다.

"여기 ○○중학교 1관 건물 옥상인데요. 너무 맞아서 움직이기가 힘들어요. 저 좀 도와주세요."

얼마 지나지 않아 학교 운동장으로 구급차가 들어왔고, 윤호는 옥상으로 출동한 구급대원에 의해 전교생의 주목을 받으며 구급차에 실려 갔다. 어찌 됐든 이제 더 이상 흐지부지 넘길 수 없는 일이 되었다. 연락을 받고 윤호가 있는 병원으로 달려온 엄마는 그제야 윤호로부터 모든 상황을 듣게 되었다. 병원 침대에 누워 있는 윤호를 본 엄마는 끝내 서러운 울음을 터뜨렸다.

"윤호야! 아이고, 내 새끼. 많이 다쳤어? 윤호야, 미안해. 엄마가 미안해."

"엄마가 왜 미안해."

윤호가 말려도 윤호 엄마는 윤호를 끌어안고 미안하다는 말을 반복했다. 그러다 엄마가 결연한 얼굴로 말했다.

"엄마가 알아서 할게. 학교도 당분간 안 가도 돼. 너는 신경 쓰지 말고 쉬고 있어, 알았지?"

또다시 시간대와 배경이 빠르게 바뀌었다. 학교폭력 신고 센터의 담당자들이 윤호의 상황을 파악하기 위해 찾아왔고, 윤호 엄마는 사과하지 않겠다는 경수와 경수 부모에게 물러서지 않고 완강하게 대응해, 결국 경수는 전학 처분을 받게 되었다. 윤호가 생각했던 것보다 엄마는 강했다. 그리고 윤호는 이 모든 일련의 상황을 지켜보았다.

"윤호야, 혹시 네가 여기서 계속 살고 싶지 않으면 멀리 이사 가도 돼. 엄마는 괜찮아. 너만 괜찮으면 돼."

윤호는 엄마의 손을 꼭 잡고 결연한 표정으로 말했다.

"나도 괜찮아, 엄마. 이제…… 나도 이겨낼게."

다시 잿빛 공간이었다. 윤호는 더 이상 나약한 눈빛을 하고 있지 않았다. 엄마의 손을 잡을 준비가 되어 있었다.

"체험이 모두 끝났으니 이제 윤호 씨는 결정할 수 있습니다. 이대로 삶을 끝낼 것인지, 아니면 다시 돌아가 남은 삶을 살 것인지. 아, 물론 지금 돌아가면 싸움을 잘하는 능력 같은 건 없어요. 원래의 윤호 씨가 몸을 던진 이후로 돌아가는 겁니다. 그래도 돌아가시겠습니까?"

윤호는 망설이지 않았다.

"싸움 잘하는 능력은 앞으로 제가 만들게요. 지금 제가 어떻게 해야 할지 알 것 같아요. 네, 돌아가겠습니다."

윤호가 눈을 뜬 곳은 병원이었다.

"윤호야, 정신이 들어? 선생님! 우리 윤호가 눈을 떴어요!"

윤호는 의사를 부르러 나가려는 엄마의 손을 꼭 쥐었다.

"엄마, 사실은……."

정말 눈을 떴으니 진짜 싸움의 시작이었다. 엄마에게 긴 이야기를 하기 위해 윤호가 천천히 몸을 일으켰다. 그런데 윤호의 무릎 아래 두 다리가 없었다. 추락으로 인한 다발성 골절과 혈관 손상으로 괴사를 막을 수 없는 결과였다. 윤호는 그제야 깨달았다. 자살의 대가는 참으로 혹독하구나. 윤호는 이제 자신과의 싸움을 먼저 해야만 하는 상황이었다.

능력의 자격

　미친 인간이 무소불위의 권력을 잡은 것만큼 무서운 게 있을까. 무슨 짓을 어디까지 할지 모르니까 말이다. 인간의 역사뿐만 아니라 근래 상황을 봐도 미친 인간들이 권력을 잡은 경우에는 수많은 사람들이 희생당하거나 피해를 입지 않았나. 그런데 여기서 '권력'을 '능력'으로 바꿔도 마찬가지다. 정확히는 '이능'을 말한다. 물론 이능의 종류에 따라 차이는 있겠지만, 권력이든 이능이든 미친 인간들이 강한 힘을 갖도록 내버려둬서는 안 된다는 게 내 신념이다. 왜 뜬금없이 '이능'을 말하는가 하면, 내가 바로 이능력자(異能力者)기 때문이다. 그리고 그것이 내 신념이 된 이유는 같은 힘이 전혀 다른 인성의 사람에게 갔을 때 어떤 결과가 나오는지를 눈으로 확인했기 때문이다.

내 부모님은 이능력자가 아니지만, 어떻게 된 일인지 나는 이능을 갖고 태어났다. 원래 어릴 적에 갖고 있던 내 이능은 남을 '세뇌'하는 능력이었다. 처음에는 일부러 세뇌하려고 한 게 아니라 자연스럽게 되어버린 것 같았다. 예를 들어 내가 갖고 싶은 것을 부모님이 사주지 않으려 할 때 마음을 돌리게 하거나 좋아하는 애가 나를 좋아하게 만드는 것 같은. 물론 초등학교도 들어가기 전 아주 어릴 적 일이다. 사춘기가 오면서는 이 능력을 싫어하게 됐다. 이유는 이런 의문에서 비롯되었다.

'부모님은 진짜 나를 사랑하는 것인가? 아니면 내게 세뇌됐기 때문인가?'

그렇게 부모님의 사랑을 의심했다. 부모님은 내가 어릴 적부터 세뇌되어 있으니까. 그런 의심과 괴로움 속에서 문득 깨달은 바가 있다. 내가 진실한 관계를 추구한다는 것을. 인간관계에서 세뇌 능력을 쓴다면 이익을 얻겠지만, 그 능력을 쓰면 쓸수록 내 주위는 온통 거짓 관계밖에 없을거라는 걸. 그래서 이능은 내게 저주 같은 능력이었다.

여기에 더해 결정적인 사건도 있었다. 어릴 때 내게 세뇌된 이후로 나를 추종하게 돼버린 소꿉친구들이 괴롭힘당하지도 않은 나를 보호한답시고 학교에서 일진놀이를 했다. 그 바람에 이 능력의 위험성을 깨닫게 되었다. 다시는 그런 일이 없도록 그 친구들에게 세뇌를 덮어씌운 이후로 나는 내 능력을 봉인하듯 쓰지 않았다.

그런데 고등학교 2학년 때였나. 경주로 수학여행을 갔을 때였다. 다른 학교 학생들도 워낙 많이 오는 곳이다 보니 경계심이 전혀 없었는데, 타 학교 교복을 입은 어떤 여자애가 내게 곧장 다가왔다. 무슨 일이냐고 물어볼 틈도 없었다. 갑자기 내게 팔을 내밀었고, 동시에 이런 소리가 들렸다.

딸깍.

단 한 번이었다. 그러고는 휙 돌더니 뒤돌아보지도 않고 재빨리 뛰어가버렸다. 내가 그 아이를 부르며 쫓아가려 했지만, 갑자기 시야가 흔들리고 휘청거렸다. 정신을 차려보니 아우성치는 친구들에게 안겨 길바닥에 앉아 있었다. 일이분 정도 기절했다고 들었다. 더 이상한 일은 정신이 들고 깨달았는데, 내 능력이 바뀌어 있었다.

세뇌가 사라지고 진실을 보는 능력이랄까, 정보를 보는 능력이랄까. 아무튼 그런 능력으로 바뀐 것이다. 눈앞에 수많은 정보가 쏟아졌다. 어떤 식이냐면, 쉽게 말해 게임의 상태 창처럼 대상의 주변에 관련 정보나 진실, 거짓 같은 내용이 둥둥 떠서 보였다. 처음에는 눈앞에 쏟아지는 정보 때문에 시야가 가려서 부딪히거나 넘어지기 일쑤였다. 어느 정도 익숙해지고 조금씩 제어하고부터는 바뀐 능력이 너무 마음에 들었다.

진실을 추구하는 자에게 진실을 보는 능력이라니. 이거야말로 찰떡궁합 아닌가.

이 능력을 갖게 된 후 가장 기뻤던 것은 부모님이 세뇌 때문이 아니라 진심으로 나를 사랑한다는 것을 알게 된 일이다. 내게 있었던 모든 불안의 근원이 사라지고 마음 가득 안정감이 차올랐다. 그 이후로 나는 마음의 여유를 갖게 됐고 사랑을 베풀 줄 아는 사람으로 성장했다. 얼마나 다행인지. 능력을 바꿔간 그 아이에게 고마울 정도였다.

그래도 가끔은 궁금했다. 그 아이는 왜 하필 세뇌 능력과 이 좋은 능력을 바꿔 갔는지, 대체 어떻게 바꿔 갔는지 말이다. 능력이 바뀐 게 아니라 '바꿔 갔다'고 하는 이유는 새 능력 덕분에 알게 되었다. 그리고 어떻게 바꿔 간 건지는 대학에 들어간 이후 내 생활 반경이 넓어지고 나서 알게 됐다. 세상에는 나처럼 이능을 가진 사람뿐만 아니라, 정말 드물지만 이능을 가진 물건도 있었다. 어떻게 물건이 이능을 갖게 된 건지는 각자마다 다르니까 넘어가겠다. 아무튼 능력을 바꿔 간 아이도 이능을 가진 물건으로 능력을 바꿔 간 것이라 짐작되었다. 딸깍 소리로 미루어보아 클리커(clicker)라든가.

그 사실을 알고부터 나는 이능을 가진 물건을 발견하는 대로 모으기 시작했다. 여행도 많이 다니고 직업도 이와 관련해서 정했다. 나는 여기저기 많은 곳을 돌아다니며 진실을 파헤

칠 수 있는 기자가 되었다. 해외 특파원으로 파견되고 10년 이상 여기저기 취재를 다니면서 이능을 가진 물건을 발견할 때마다 어떻게든 손에 넣었다. 그렇게 발견한 물건들이 방 안의 장식장을 채우게 되었을 때, 아빠가 내 방을 보고 말했다.

"고물상이냐? 이럴 거면 독립해, 가시나야."

사실 모르는 사람이 보면 잡동사니에 불과했다. 길가에 있던 돌멩이라든가 노점에서 파는 싸구려 반지라든가 이름도 모르는 아이돌의 응원 봉이라든가. 그런데 돌멩이에 실실 웃게 하는 능력이, 싸구려 반지에 폭파 능력이, 아이돌 응원 봉에 무장을 해제시키는 능력이 있다면 그것을 잡동사니라고 부를 수 있을까. 물론 '등 긁어주기' 같은 하찮은 능력도 있지만. 그런 것들도 놓치지 않고 발견하는 족족 모으다 보니 어느새 나는 수집가가 되어 있었다. 물론 능력을 발동하려면 조건이 있기 때문에, 사용법을 모르는 일반인이 능력을 사용할 수 없었다. 하지만 나라면 어디에든 유용하게 쓸 수 있으니까. 그때까지도 아직 한 가지 의문은 풀리지 않았다.

'그 아이는 왜 하필 세뇌 능력을 가져간 걸까? 내가 세뇌 능력을 저주라고 느꼈던 것처럼 그 아이는 진실을 보는 능력이 싫었던 걸까? 세뇌를 해서라도 곁에 두고 싶은 사람이 생겼을까? 궁금했다.'

10년 넘게 막연히 짐작만 했던 답의 실마리를 몇 달 후 선배 기자에게 듣게 되었다.

"사람을 홀리는 여우인가?"

"누가요?"

"이번 대선후보, 기호 2번."

"그 여성 후보요?"

"응. 분명히 성향이 다른 사람들, 심지어 비리가 많아서 수사해봐야 한다고 주장하던 법조인들조차 이상하게 그 후보를 만나고 오면 다들 옹호하는 쪽으로 돌아서는 거야. 그럴 리가 없는 사람들인데도 말이야. 이상하지?"

그 말을 듣는 순간 나는 느낌이 왔다.

'설마……'

사실 나는 정치 쪽에 별로 관심이 없어서 아주 유명한 정치인이 아니면 얼굴도 잘 몰랐다. 하지만 이번 대선에 얼굴도 모르던 여성 후보가, 그것도 굉장히 젊은 후보가 등장해서 놀랐던 기억이 있다. 쟁쟁하던 당내 원로 후보들을 제치고 대체 어떻게 대선후보가 된 걸까 의문이었는데 선배 이야기를 들으니 바로 확인해봐야겠다는 생각이 들었다. 영상으로 찾아보는 것보다는 직접 볼 때 훨씬 많은 정보가 뜨니까. 그때부터 나는 기호 2번 후보가 유세하는 곳마다 쫓아다니기 시작했다.

미디어로 볼 때는 긴가민가했는데 실물을 확인하자마자 진실을 알 수 있었다. 기호 2번이 그 아이라는 것을. 그리고 더 충격적인 것은 유세 현장에 있는 상당수의 지지자가 그의 세뇌에 단단히 걸려있다는 점이다.

"김석희! 김석희!"

지지자들은 기호 2번의 별 시답잖은 말에도 배꼽이 빠져라 웃고, 자신이 고생하며 살았다는 말이 딱 봐도 연기인데 눈물을 글썽이며 호들갑을 떨었다. 마치 사이비 교주와 열성 교인들을 보는 듯했다.

불길한 생각이 들었다.

'만약 저 여자가 원하는 게 사랑이나 소소한 복수 같은 게 아니라 권력의 꼭대기라면? 그래서 대선후보의 자리에 오르기까지 만났던 수많은 정치인, 법조인, 언론인, 심지어 국민들까지 세뇌해서 저 자리까지 간 거라면? 세뇌 능력을 저런 식으로 쓰리라고는 상상도 못 했는데.'

내가 소소하게 주변인들에게 걸었던 세뇌와는 차원이 다른 문제였다. 이건 파볼 수밖에 없었다.

*

"저 여자는 비리도 많은 것 같은데 수사는 안 하고 대선까지 나왔네. 어떻게 된 거야?"

"그런 게 있어. 엄마, 혹시나 이 근방에 저 여자가 유세 나와도 가보지 마. 근처도 가지 마. 아빠도. 알았지?"

왜 그러냐는 물음에 차마 답할 수 없었다. 내 불길한 생각은 곧 현실로 다가왔기 때문이다. 엄마가 알 정도로 이미 그 여자를 둘러싼 많은 비리 의혹이 기사화되어 있었다. 물론 기사가 나오는 족족 거의 다 묻히긴 했다. 어쨌든 김석희와 관련된 의혹을 찾아본 뒤 난 확신했다. 아직 밝혀지지 않은 비리가 많다는 거. 정치, 경제, 교육, 문화, 건축까지 손대지 않은 분야가 없었다. 부지런히 아주 성실하게 불법을 저지르며 이득을 취해왔다.

문제는 정치계, 법조계, 언론계까지 수많은 사람들이 그 여자에게 세뇌되어 있다는 점이다. 아무리 이해관계가 얽혀 있어도 증거물까지 나온 마당에 왜 말도 안 되게 수사를 덮나 했는데, 이제야 이해할 수 있었다. 물론 그 여자가 등장하기 전부터 역사적으로 궤를 같이하는 세력이 있었지만, 김석희의 세뇌 능력이 합쳐지면서 기득권의 권력이 아주 견고해진 것이다. 내가 아무리 진실을 폭로하는 기사를 쏟아낸다 해도 해결될 일이 아니었다. 정상적인 방법으로 해결할 수 있는 문제를 넘어섰다. 그렇다면 방법은 단 하나.

'저 여자의 능력을 뺏어야 해.'

내가 경험해본 바 주체가 바뀌면 세뇌가 풀리니 능력을 뺏으면 세뇌도 풀릴 것이다. 그 방법뿐이었다. 그 여자는 최고의 권력을 원하고 있었다. 그러나 그 자리는 사람들을 세뇌해서 올라가면 절대로 안 되는 자리지 않은가. 지금의 위치로 올라오기 위해 그 여자가 한 짓을 보면 나중에는 어떤 상상을 하든 그 이상을 할 사람이었다. 사람을 사람으로 보지않고, 그저 이용 가치가 있나 없나로 판가름했다. 그따위로 능력을 남용하면서 나라를 좌지우지하는 자리에 올라가면 능력뿐 아니라 권력까지 남용할 게 불 보듯 뻔했다. 세금부터 군대까지 자기가 움직이고 싶은 대로 할 게 아닌가. 영원한 통치를 원할지도 모른다. 그자는 능력도 권력도 가질 자격이 없다.

그럼 능력을 어떻게 뺐을 것인가. 과거 그 여자가 내게 했던 것처럼 능력을 다시 바꾸지는 않을 것이다, 절대로. 나는 여전히 그 능력이 싫고, 그렇게 쓰고 싶은 마음은 내 DNA에 아예 없다. 게다가 능력을 바꾸는 물건도 내겐 없다. 아직도 그 여자 수중에 있을 것이다.

나는 수년간 모아왔던 수집물을 훑어보았다. 이능력자에게는 위험해서 나조차 손댈 일 없게 구석에 처박아놨던 것까지 모조리 꺼냈다. 그리고 위험물로 분류했던 것 중 하나가 눈에 띄었다. '이능력자의 이능을 소멸한다.'라는 효과를 가진 물건이었다.

"소멸! 바로 이거다."

이때를 위해 내가 그동안 이렇게 물건들을 모아왔나 싶다.

적당한 물건도 있겠다, 이제는 어떻게 접근하냐가 관건이었다. 이 물건은 가까이 다가가야만 발동할 수 있었다. 마침 유세 중이니 지지자인 척하고 접근하거나 기자증을 보여주면 접근이 어렵지는 않을 것이다. 물건을 쓰는 데 성공한다면 적어도 벌금형이나 집행유예 정도만 각오하면 된다.

'설마 징역형은 아니겠지? 어쨌든 이렇게까지 각오하고 계획을 세우니 마치 정치인 살인을 도모하는 것 같잖아? 흐흐. 물론 그 누구도 위험하진 않겠지만.'

*

며칠 후 김석희의 유세 일정에 어느 지역의 경로당 방문 일정을 알게 되었다. 나는 새벽같이 그 지역으로 내려갔다. 그러고는 내가 가진 물건과 같은 물건을 잔뜩 사서 경로당을 찾아가 관리자를 포섭했다. 어르신들에게는 좀 어울리지 않는 물건이었지만, 치매 예방을 위한 새로운 경험이 될 거라며 후보와 노인분들이 함께 체험할 수 있는 프로그램까지 짜주었다. 김석희가 즉석에서 수락할지는 모르겠지만 해보지 않으면 가능성도 없었다.

드디어 후보와 일행이 경로당에 도착했다. 나는 어르신들 사이에 있다가 미리 와 있던 지지자들보다 더 좋은 위치에 자리 잡았다. 김석희는 도착하자마자 어르신들 손을 잡으며 카메라를 향해 가식적인 미소를 지어댔고, 나는 사진기자인 척 열심히 찍어댔다.

잠시 후 경로당 관리자가 다가와 내가 짜준 프로그램을 후보에게 제안했다. 예정에 없던 제안인지라 후보는 잠시 침묵했다.

'제발 받아들여!'

다급한 마음에 억지웃음을 지으며, 한마디 거들었다.

"후보님, 훈훈한 그림이 나올 것 같아요. 제가 예쁘게 찍어드릴게요."

내 말에 김석희는 흔쾌히 받아들였다.

'역시, 예쁜 그림을 네가 놓칠 리 없지.'

내가 준비한 물건들이 노인분들과 후보에게 하나씩 전달됐다. 이 체험 프로그램의 제목은 바로.

"치매 예방을 위한 슬라임 놀이!"

그렇다. 내 수집물 중 하나인 슬라임에 소멸 기능이 있었다. 무시무시한 기능에 어울리지 않는 무해한 물건이라니. 어쨌든 덕분에 천연덕스럽게 쓸 수 있어 얼마나 다행인지 모른다. 그런데 예상치 못했던 문제가 발생했다. 어르신들은 당연히 슬라임이 낯설 거라 예상했지만 후보조차 슬라임을 다뤄본 적이 없었다.

그런데 이때 한 어르신이 나섰다.

"우리 손주들이 갖고 놀던 거구먼. 내가 알려줄게."

그러면서 슬라임을 들고 후보에게 다가갔다. 구세주였다. 슬라임을 낯설어하는 어르신들을 위해 나도 나서서 사용법을 알려주었다. 후보도 어르신들도 슬라임을 만지는 순간 형식적인 체험임을 잊고 묘하게 빠져들었다. 마치 어린아이로 돌아간 듯 여기저기서 웃음꽃이 피었다. 열심히 사진을 찍어주던 나는 오래되어 거의 액체가 되었으나 색깔만은 영롱이는 내 연보라색 슬라임을 품 안에서 꺼내 후보에게 다가갔다.

"후보님, 이거 색깔이 예쁜데 이것도 한번 만져주세요."

이때부터 혼신의 연기가 필요했다. 슬라임 뚜껑을 열고 다가가던 나는 발이 걸려 넘어지는 척하며 액체가 된 슬라임을 김석희 얼굴을 향해 뿌렸다.

'나이스! 성공이다.'

머리부터 온 얼굴에 연보라색 슬라임을 뒤집어쓴 김석희의 모습이 예술이었다. 경로당은 순간 시간이 멈춘 듯 정적에 휩싸였지만 나는 실수인 척 호들갑을 떨었다.

"어머, 어떡해! 괜찮으세요?"

그러면서도 나는 이 광경을 놓칠세라 재빠르게 사진을 찍었다. 자연스럽게 만지게 할 수도 있었는데도 이 방법을 택한 건 바로 이 광경을 사진에 담기 위해서였다. 나는 곧 후보를 에워싸고 수습하려는 지지자들에게 밀쳐졌다. 얼굴을 얼추 닦은 김석희가 나를 찾아 다가왔다. 그러면서 떠보듯 내 눈을 지그시 보며 말했다.

"일부러 그런 거예요? 솔직하게 말해봐요."

'세뇌를 걸려 하는 거 다 안다.'

나는 천연덕스럽게 말했다.

"어유, 그럴 리가요. 죄송해서 어쩌죠?"

김석희의 표정에 금이 가기 시작했다. '이럴 리가 없는데.' 하는 표정이었다. 내게 세뇌가 먹히지 않자 옆에 있는 사람들에게 걸려 했다. 그런데 이번에는 주변 사람들의 표정이 바뀌었다.

"왜 남의 얼굴을 빤히 노려보고 그래요?"

아까와 같은 호의적인 모습이 아니었다. 그러고는 후보에게서 떨어졌다. 드디어 세뇌가 풀린 것이다. 능력이 사라진 것을 알아차린 김석희가 괴성을 질렀다.

"아아아아악!"

모두가 깜짝 놀란 와중에 김석희가 내게 달려와 멱살을 잡았다.

"네가 그런 거지? 대답해!" 하며 제 옷에 남은 슬라임을 내 얼굴에 묻혔다. 사람들은 또 놀라 탄성을 질렀다. 나는 사람들 들으라는 듯이 이렇게 말했다.

"후보님이 화가 많이 나셨구나. 원하신다면 저한테도 얼마든지 묻히세요."

그리고 얼굴을 대주는 척하며 태연하게 김석희에게 귓속말을 날렸다.

"옛날에 네가 바꿔준 능력 덕분이야. 생큐."

그러자 김석희가 미쳐 날뛰기 시작했고, 사람들은 오히려 나를 보호하기 위해 김석희와 떼어놓았다. 나는 유유히 그 자리에서 물러났다.

'뭐, 고발하든 화풀이하든 알아서 하라지.'

슬라임이 물었는데 나는 괜찮냐고? 물론이다. 내게는 '모든 공격을 반사하는' 핸드크림이 있으니까.

나는 진실을 보는 내 능력이 좋고 버릴 생각도 없다. 나는 이 능력을 가질 자격이 있다고 생각한다.

어떤 세상

의정은 대학 진로 결정을 앞두고 있었다. 학교에서 희망 학과를 적어서 제출하라 했을 때 의정은 망설임 없이 정치학과를 적었다. 의정에게는 당연한 일이었다. 그 나이 또래와 어울리지 않게 의정은 정치를 하는 것 외 다른 선택지는 없다고 생각했다. 그런데 수업이 끝나자 담임선생님이 의정을 교무실로 불렀다.

"의정아, 왜 정치학과를 적었어?"

선생님이 '정치학과'를 말할 때 특히 목소리를 낮추는 걸 의정은 놓치지 않았다.

"앞으로 정치인이 되고 싶어서요."

그러자 선생님이 의정의 눈을 가만히 들여다보았다.

"선생님 놀리는 거야?"

오히려 의정은 선생님의 반응에 의아했다.

"아니요. 제가 왜 선생님을 놀려요? 정치인이 되려면 정치를 알아야 하니까 가려는 건데요."

그러자 선생님이 한숨 쉬듯 말했다.

"의정아, 너는 정치인이 될 수 없어."

'무슨 뜻이지?'

의정은 자신이 들은 말을 이해할 수 없어 멍하니 있었다. 그러자 선생님이 너 오늘 왜 그러냐는 듯이 물었다.

"너는 3그룹이잖아. 3그룹은 정치인이 될 수 없는 거 몰라?"

3등급도 아니고 3그룹이라니, 갑자기 기억상실이라도 걸린 걸까. 의정은 그 말을 이해할 수 없었다. 그러자 선생님이 얼굴을 정면으로 마주하며 차분한 투로 말했다.

"의정아, 선생님 눈 잘 봐봐. 눈동자 테두리에 오색 띠가 보이지?"

의정은 선생님의 눈을 자세히 들여다보고 나서야 인식되었다. 정말 눈동자 테두리가 띠를 두른 것처럼 오색으로 빛나고 있었다. 왜 몰랐을까.

"정치는 오색 테두리가 있는 1그룹만이 할 수 있는 직업이야. 몰랐어?"

선생님이 의정에게 손거울을 내밀었다.

"그리고 네 눈은 검은색 테두리 3그룹이지."

거울을 보니 정말 자신은 검은색 테두리였다. 선생님의 그 말을 기점으로 격한 미시감이 느껴졌다. 뚝 떨어진 이방인 같은 느낌. 의정은 자신을 둘러싼 모든 사람이 낯설다는 것을 자각하기 시작했다. 대체 그룹은 뭐고 자신이 속한 3그룹은 왜 정치를 할 수 없다는 걸까. 더 생각해보겠다는 말로 서둘러 면담을 마치고 나온 의정은 곧바로 이 세계의 시스템에 대해 검색해보기 시작했다.

이 세계는 인간을 1, 2, 3그룹으로 나누고 있었다. 눈동자 색과 무관하게 눈동자 테두리의 색이 1그룹은 '오색', 2그룹은 '금색', 3그룹은 '검은색'으로 구분된다고 했다. 그렇다면 단지 색깔로만 그룹을 나눈 것일까? 그건 아니었다. 그룹을 나누는 진짜 기준은 바로 '양심'. 눈동자의 테두리는 양심의 색깔이었다. 양심의 크기에서 비롯된 성향을 구분하자면, 1그룹은 이타적인 그룹 오색, 2그룹은 이타와 이기가 혼합된 그룹 금색, 3그룹은 이기적인 그룹 검은색이라고 되어 있었다. 각 그룹 안에서도 정도의 차이가 존재한다고 했다.

'양심이라니?'

대체 누가 어떻게 양심을 시각화한단 말인가. 눈동자 테두리 색이란 게 양심이 아니라 유전으로 정해지는 건 아닐까 하고 의정은 의심했지만, 이것은 인간이 이뤄낸 결과라고 했다.

오랜 세월, 자유를 추구하던 사회에는 빈부격차가 극심해졌고 한번 자리 잡은 기득권 세력은 권력을 놓을 생각이 없었다. 그들에게 양심 따위는 없었다. 자신들이 내뱉었던 말도 뒤집기 일쑤였다. 급기야 기득권 계층은 권력의 영속을 위해 사회가 정해놓은 법도, 질서도, 민중의 다수의견도 무시하고 권력으로 밀어붙이기에 이르렀다. 썩어빠진 사회를 도려내기 위해서는 강력한 수단이 필요했다.

그런데 의외로 그 시작은 한 뇌 과학자가 뜬금없이 백신 개발에 투입되면서였다. 새로 창궐한 뇌 전염병이 전 인류를 강타했고, 뇌과학이 필요한 정신병 증상이 나타나면서 일반적인 백신 개발 인력으로는 문제에 접근할 수 없었기 때문이다. 뇌 과학자의 투입으로 백신 개발은 성공했고, 전 인류가 그 백신을 맞으면서 뉴 팬데믹은 종식되었다. 그러나 백신의 후유증이랄까, 체내에서 어떤 화학반응이 일어나 사람들이 양심에 반응했고 그 결과 눈동자 테두리 색이 갈리기 시작했다. 세월이 흘러 그것이 유전자에도 영향을 미쳤는지 새롭게 태어난 아이들은 검은색에서 시작해서 보통은 10대 때 차차 색이 발현되었다. 그렇게 이미 3세대를 거치자 백신 없이도 눈동자 테두리 색 발현은 자연스러운 현상이 되었다. 양심을 표시하는 색은 자부심이자 부끄러움이 되었다. 점차 사람들은 그것을 그룹화했고 그에 따른 법과 규율을 새롭게 정립했다. 그 결과 오랜 세월 철벽처럼 자리 잡았던 기득권 세력을 무너뜨릴 수 있었다. 덕분에 인종차별은 사라졌지만, 반대로 그룹 차별이 고개를 들기 시작했다. 그룹별로 사는 구역까지 나뉘었다. 백신에 뇌 과학자가 어떤 마법을 부린 건지는 아직도 미스터리였다.

"저게 내가 살던 세상인데……."

의정은 무의식 중에 중얼거렸다. 뇌 전염병이 창궐하기 전의 세상이 의정에게 더 익숙했다. 마치 전생의 기억인가 싶을 정도로 자신이 속한 세계에 대한 미시감을 지울 수 없었다.

'그래서 3그룹은 뭘 할 수 있다는 거야?'

모든 직업을 가질 수 있는 1그룹과는 달리, 이기의 대명사 3그룹이 할 수 있는 직업군은 극히 제한적이었다. 개인적인 이익을 추구하거나 사람을 직접 상대하지 않는 직업군만 가능했고, 공무원처럼 공공의 이익을 위하는 일은 절대 할 수 없었다. 투자 관련한 일이나 사업 정도가 그나마 돈을 많이 벌 수 있는 직업이었다. 그러나 3그룹은 크게 성공해서 돈이 아무리 많아도 존경받지 못했다. 의정이 원하는 '정치'는 1그룹만 할 수 있었다. 의정은 이 시스템이 아니꼬워 견딜 수가 없었다.

'그래서 뭐가 얼마나 잘 돌아가는데?'

세상은 놀랍도록 정의롭게 돌아가고 있었다. 이게 가능한가 싶을 정도로 돈과 권력으로 인해 억울한 일을 겪는 사람이 없는, 보편적인 상식에 어긋남 없이 돌아가는 세상이었다. 뉴스를 아무리 뒤져봐도 사회의 불합리로 인해 피해를 본 사람은 없었다. 이기적인 사람들이 권력을 잡고 공공에게 대규모로 해를 입히는 경우를 사회시스템이 막고 있었다. 다만 이런 시스템을 유지하기 위해서는 2, 3그룹, 특히 3그룹에게 제재가 많을 수밖에 없었다. 의정은 억울했다.

'너희가 무슨 자격으로 나한테서 직업의 자유를 박탈해? 눈동자 테두리 색 따위 알 게 뭐야. 인간은 원래 이기적인 존재라고.'

의정은 자신이 무조건 정치를 해야 한다고 생각했다. 이유는 중요하지 않았다. 다수의 발밑에 있기보다는 다수의 머리 위에 있고 싶었다. 그러기 위해서는 권력을 잡아야 했다. 권력을 잡기 위한 최고의 수단이 정치 아닌가. 그런데 3그룹이니 뭐니 해서 앞길을 방해하다니. 의정은 사회시스템을 바꿔야겠다고 마음먹었다. 본인의 이기적인 성향을 바꿀 생각 같은 건 하지 않았다. 의정은 인정하지 않았지만, 검은색 테두리는 자신에게 딱 맞는 색이었다.

일단은 잔물결부터. 의정은 일단 국회 앞에서 1인 시위를 벌이기 시작했다.

"직업의 자유는 국민의 권리다! 3그룹에게도 권리를 보장

하라!"

의정은 오가는 정치인들을 붙잡고 호소했다.

"어차피 양심의 정도는 눈에 보이게 표시되고 있으니, 자유와 권리 자체를 제재할 게 아니라 필요한 경우에 다양한 검증을 거치게끔 하면 되지 않습니까? 3그룹이 당하고 있는 불평등에 대해 1그룹인 당신들이 정말 안다고 할 수 있습니까?"

이타적인 1그룹의 양심을 건드리는 전략이었다. 사실 틀린 말은 아니었다. 일부 정치인은 의정이 아직 학생이라는 사실에 놀라워하며 의정의 호소를 경청했다. 의정의 1인 시위는 일회성에 그치지 않고 하루하루 쌓여 일주일이 지나고 이 주가 지났다. 가능하면 최대한 언론이나 미디어를 통해 여론을 만들기 위해서 노력했다. 언론과 다수의 사람들이 자신에게 관심을 보이도록 날마다 자신의 시위 모습을 찍어 소셜미디어에 올렸다. 마치 제3자가 국회 앞 1인 시위를 본 것처럼 방송국에 직접 제보까지 했다.

의정은 점점 유명해지기 시작했다. 어찌 보면 무료하다 싶을 정도로 잔잔함이 지속되던 사회에서 시위라는 행위 자체가 흔치 않았을뿐더러, 시위의 주인공이 고등학생이라는 게 알려지자 여기저기서 관심을 보였다. 한 매체는 의정을 인터뷰하러 오기도 했다.

"저는 꿈을 펼치는 어른이 되고 싶습니다. 그러나 꿈을 펼치고 싶어도! 3그룹은 그럴 수 없습니다. 어린아이 때부터 꿈을 포기하도록 강요받는 세상이! 이게 진정 정의로운 세상입니까? 인간은 모두 평등해야 합니다!"

의정의 인터뷰가 인터넷에 올라가 알음알음 퍼지기 시작하더니 특히 3그룹에서 폭발적인 반응이 일어났다. 그동안 쌓여 왔던 울분의 물꼬가 트인 것이다. 언론에서도 의정의 주장을 놓고 의견이 갈렸다. 진짜 정의는 평등에서 나온다는 의견과 역사의 과오를 반복해서는 안 된다는 주장이 팽팽히 맞섰다. 이렇게 불씨가 생기고 있는 와중에 의정이 기름을 부었다. 바로 가짜 뉴스였다.

오가는 정치인을 많이 보다 보니 우연한 장면이 의정의 눈에 포착되었다. 한 남성 정치인이 여성 정치인에게 귓속말하는 순간이었는데, 의정의 각도에서 보니 마치 입맞춤하는 것처럼 보였다. 의정은 그 순간을 놓치지 않았다. 바로 사진을 찍어 그들 주변에 있던 사람들을 잘라낸 뒤 마치 두 사람이 도덕적이지 못한 관계인 것처럼 만들어 SNS에 올리고 퍼 날랐다. 거짓이든 아니든 상관없었다. 중요한 건 의혹을 만들어 여론을 흔드는 것이었다. 1그룹의 불륜 의혹은 매우 자극적인 뉴스였다. 사실이 확인되기도 전에 의정이 하지 않아도 여기저기서 퍼 나르기 시작했다.

"이 사람들 1그룹 아니야?"

"1그룹이라고 완벽한 인간일 리 없지!"

오래 지나지 않아 사실이 아님이 밝혀지긴 했지만, 이미 대중에게는 1그룹의 도덕성 문제가 도마 위에 오른 상태였다. 1그룹이라고 무조건 신뢰할 게 아니라 그들의 행동도 하나하나 따져볼 필요가 있다는 여론이 들끓기 시작했다. 그룹 구분이 사회를 나태하게 만든 측면이 있다는 반증이었다. 의정은 들끓는 여론을 끌어모아 자신의 세력으로 만들기 시작했다. 세를 형성하기 위한 의정의 큰 그림이 착착 진행된 결과였다. 의정은 참으로 성실하고 열정이 넘치는 사람이었다.

'하던 대로 했을 뿐인데 생각보다 쉽네?'

의정이 자각하는 순간 믿을 수 없는 일이 벌어졌다. 세계가 의정을 밀어내기 시작한 것이었다. 의정의 옆에서 의정을 지지하던 사람들은 물론 수백 미터 밖의 사람들까지 모두 하던 일을 멈추고 의정을 쳐다보기 시작했다. 무언의 압박. 다수가 되니 그 압박이 엄청났다. 의정은 순식간에 뼈까지 발리는 느낌이었다. 대체 왜 모두가 자신을 쳐다보는 걸까. 한순간에 벌어진 일에 영문을 모르던 의정은 쇼윈도에 비친 자신의 모습을 보고 깨달았다. 마치 좌표를 찍듯이 온몸에서 검은색 오라가 뿜어 나오고 있었다. 이물질. 세계가 의정을 이물질이라 여겼다.

아무도 의정에게 말을 걸지 않았다. 단지 쳐다볼 뿐이었다.

의정은 무언의 압박을 견디지 못하고 그 자리에서 도망칠 수밖에 없었다. 하지만 어디를 가도 모두의 시선이 따라붙었다. 그동안 의정이 다방면으로 밤낮없이 활동해서 만들어놓은 세력은 한순간에 물거품으로 변했다.

"왜! 대체 왜?"

의정이 소리쳐도 사람들은 반응하지 않았다. 그저 거리를 두고 도망치는 의정을 쳐다보기만 했다. 일단 후퇴. 의정은 집으로 갈 생각이었다. 그러나 3그룹이 모여 사는 주거지로 들어섰을 때, 의정은 더 큰 위협감을 느꼈다. 이기적인 그룹이 모여 사는 곳의 반응은 한층 격했다. 말은 없었지만 모두가 자신을 죽일 듯이 노려보았다. 그러면서 사람들이 모여들어 인간 벽이 되어 의정의 앞길을 가로막았다. 너 같은 이물질은 절대 우리가 사는 곳에 들어올 수 없다는 듯이. 그 무리에는 의정의 부모도 끼어 있었다. 부모의 눈빛은 마치 남, 그저 이물질을 보는 시선 그 이상도 이하도 아니었다. 그제야 의정은 깨달았다.

'이곳은 내가 사는 세계가 아니구나.'

그럼 이제 어쩔 것인가. 의정은 3그룹의 주거지로 들어갈 수 없다는 현실을 받아들였다.

'1그룹 주거지나 가볼까?'

그렇게 발길을 돌리는 순간, 의정의 눈앞에 땅이 올라오면서 물리적인 벽이 생기기 시작했다. 세계가 만드는 벽이었다. 의정은 벽을 피해 달렸다. 그러나 벽도 의정을 따라 생겨났다. 대체 어디까지 달렸는지 알 수 없었다. 한참을 달렸지만 의정은 세계가 만들어대는 벽을 피할 수 없었다. 점차 의정은 벽에 갇히기 시작했다. 말 그대로 세상으로부터의 격리였다. 이대로 갇힐 수는 없었다. 벽이 완전히 닫히기 직전, 의정은 그 틈새로 몸을 던졌다.

"으아악!"

의정은 발버둥 치며 눈을 떴다. 익숙한 풍경이었다. 국회 의원실, 자신의 방이었다. 진짜 의정은 중년의 국회의원이었다. 의정이 의원실을 나서자 보좌관들이 일어나 의정에게 허리 숙여 인사했다.

'그래, 이게 내가 사는 세상이지.'

의원회관을 나선 의정이 도심을 바라보았다. 의정이 사는 세상에서 자신은 1그룹에 속하는 자였다. 하던 대로 하면서 자신은 기득권 속에서 살면 되었다. 보이지 않는 거대한 벽이 의정의 눈에는 보였다. 물론 의정은 그 벽의 안쪽에서 보호받고 있었다.

얼음사람의 선택은

　세계의 지붕이라 불릴 정도로 높고 험한 어느 산 정상 부근. 그곳에는 일 년 내내 눈이 쌓여 있었다. 그리고 그 만년설 어딘가에 고립된 집 한 채. 아무도 살지 못할 것 같은 혹독한 곳에도 사람이 살고 있었다. 그곳은 얼음사람의 집이었다.

　얼음사람은 말 그대로 얼음으로 만들어진 사람 같았다. 투명하다 못해 창백한 피부와 백발의 머리카락을 가져 미성년자인지 아닌지 나이를 가늠하기 어려운 젊은 여자다. 머리부터 발끝까지 온통 희었다. 표정도 없었다. 게다가 눈썹과 속눈썹, 콧잔등에는 눈이 쌓여 있었다. 그도 그럴 것이, 걸어 다닐 때마다 그 주변에서 눈발이 날렸기 때문이다. 그 자체가 눈을 몰고 다니는 존재였다. 얼음사람은 그렇게 홀로 고립된 채 살아가고 있었다.

어느 날, 얼음사람이 사는 건너편 봉우리에 사람들이 등반하러 몰려왔다. 자신 외의 다른 사람을 처음 본 얼음사람은 신기한 마음에 멀찍이서 그들을 지켜보았다. 그들은 가파르고 눈 덮인 산을 힘들어하면서도 끌어주고 당겨주며, 서로를 향해 울고 웃으며 함께 산을 올랐다. 눈 덮인 냉혹한 산을 오르는 그들의 여정에는 뜨거움이 있었다. 그 뜨거움이 얼음사람의 마음을 사로잡았다. 그때는 그것이 뭔지 몰랐지만 멀리서 보기만 해도 그들의 감정이 자신의 차가움과 다르다는 걸 알수 있었다. 얼음사람은 궁금해졌다.

'저들은 왜 웃는 걸까? 왜 서로를 지키려 할까? 저런 감정은 어떤 느낌일까?'

몇 날 며칠 그들의 모습이 머릿속에서 떠나지 않았다.

'누군가가 내 옆에 있다는 건 어떤 기분일까?'

결국, 얼음사람은 난생처음 여행을 떠나기로 마음먹었다. 꽤 긴 여행이 될 것 같았다. 산에서 내려온 얼음사람은 가까운 마을로 향했다. 마을보다 소도시에 가까운 그곳에는 눈이 없었다. 오로지 얼음사람의 주변에만 눈이 날리고 있었다. 그래서 의도치 않게 얼음사람은 다른 사람들의 시선을 사로잡았다. 그러나 아무도 얼음사람에게 다가오지 않았다. 얼음사람이 지나가기만 해도 주위 기온이 뚝 떨어져 부르르 몸이 떨칠 정도였기 때문이다. 그저 멀리서 그 신비로운 모습을 지켜보기만 했다. 그래도 얼음사람은 아무렇지 않았다. 혼자는 그에게 자연스러운 일이었으니까. 그저 눈 없는 거리와 사람들을 구경하는 것만으로 신기할 따름이었다.

거리를 걷던 얼음사람은 벤치에 혼자 앉아 있는 어떤 중년 여자를 발견했다. 꽤 화창한 날씨임에도 그 주변에만 비가 내리고 있었다. 그는 비사람이었다. 비사람은 온몸이 젖은 채 우는 듯한 표정을 하고 있었다. 하지만 흐르는 게 눈물인지 빗물인지 알 수 없었다. 왠지 동질감을 느낀 얼음사람은 비사람에게 말을 걸어보고 싶었다.

"저기, 왜 울고 있어요?"

얼음사람의 입에서 하얀 김이 흘러나왔다. 한참 바닥을 응시하던 비사람이 물방울 맺힌 속눈썹을 들어 올렸다.

"내가 울고 있나요?"

비사람은 내리는 비 때문에 눈을 제대로 뜨지 못한 채 얼음사람을 바라보았다.

"아니라면 미안해요."

얼음사람은 곧바로 사과했지만 비사람은 상관없다는 듯 다시 눈을 내리깔았다. 속눈썹에서 물방울이 떨어졌다.

"상관없어요. 울고 있는지도 모르죠. 근데 조금만 떨어져주실래요? 당신이 가까이 오니까 너무 춥네요."

그 말과 동시에 비사람 발치에 내리던 비가 진눈깨비가 되기 시작했다.

"아."

얼음사람은 곧바로 비사람에게서 몇 발짝 떨어졌다. 그러자 진눈깨비는 다시 비가 되었다. 얼음사람은 처음으로 자신이 사람들을 춥게 만든다는 것을 알게 되었다. 얼음사람 가슴에 서늘한 눈바람이 스쳐 지나갔다.

"나에게 누가 말을 걸어주는 게 얼마 만인지 모르겠네요. 아무도 나를 신경 쓰지 않는데."

비사람의 빗줄기가 조금 가늘어졌다.

"왜요?"

얼음사람이 물었다.

"내가 항상 우울해하니까요. 나는 늘 슬프고 우울해요."

"왜 우울한가요?"

얼음사람이 재차 물었다. 우울하다는 감정이 뭔지 몰라 궁금했기 때문이다.

"말해봐야 무슨 소용일까요. 당신도 금방 나를 떠날 테고 그럼 난 또다시 우울해질 텐데."

"아……."

"하지만 궁금하다면 말해줄게요. 내가 원래부터 우울했던 건 아니에요. 어릴 때는 나도 평범한 아이였는데……."

비사람의 이야기는 그의 어린 시절부터 시작되었다. 그는 어릴 때 부모님으로부터 한 번도 칭찬을 받아본 적이 없었다. 엄한 부모님의 강요와 질책, 주변과의 수많은 비교는 비사람의 자존감을 낮추기만 했다. 그것은 자기 비하와 애정결핍으로 이어졌다. 그렇다 보니 친구들과도 오래 어울릴 수 없었다. 처음에는 이야기도 들어주고 응원해주던 친구들이 계속되는 비사람의 자기 비하와 주눅 든 모습에 지쳐 떨어져나갔다. 그렇게 잦은 버림을 받으며 쓸쓸한 채 성인이 된 비사람은 어떤 남자를 만났다.

비사람에게 무조건 맞춰주고 잘 위로해주는 남자였다. 비사람은 이 남자만이 자신을 구원해줄 거라 믿었다. 부모님에게서 벗어나는 방법은 결혼뿐이라고 생각했던 비사람은 서둘러 남자와 결혼했다. 그러나 행복은 오래가지 않았다. 결혼하자 남편은 다른 사람들처럼 비사람에게 무심해졌다. 비사람은 출산 후에 산후우울증까지 와버렸다. 애정을 갈구하던 비사람의 눈물은 마를 날이 없었다. 그래도 아이만 바라보며 열심히 키웠지만 아이도 크고 나니 엄마가 지겹다며 비사람을 떠났다. 마를 날이 없던 눈물은 그렇게 비가 되고 그는 차츰 비사람이 되었다.

"아무것도 하기 싫어요. 이제 그냥 죽고 싶은데……. 죽으려고 움직이는 것도 하기 싫어요. 그래서 죽고 싶어요."

얼음사람은 뭐라 말을 건넬 수 없었다. 이해도 잘되지 않았지만 위로할 줄도 몰랐기 때문이다. 답답한 마음에 한숨처럼 차가운 입김이 새어 나왔다. 그러자 비사람이 눈을 부릅뜨고 얼음사람을 쳐다보며 말했다.

"너도 내 얘기가 듣기 싫으니? 너도 내가 지겨운 거야?"

비사람의 빗줄기가 굵어지더니 폭우처럼 쏟아졌다. 얼음사람은 당황했다.

"그런 게 아니에요. 그냥…… 뭐라 말해야 할지 몰라 답답해서요."

"내가 어디가 그렇게 답답하니? 뭐가 그렇게 답답한데?"

"당신이 답답하다는 말이 아니에요."

"너도 똑같아. 다른 사람들이랑 똑같다고!"

얼음사람은 다른 사람들이 왜 비사람을 떠났는지 알 것 같았다. 얼음사람은 비사람이 측은했다. 그러나 자신이 비사람을 어떻게 해줄 방법은 없었다. 이제 떠날 때가 된 것 같았다.

"저는 이만 가볼게요."

"너도 나를 떠나겠다는 거지? 그럴 줄 알았어! 너도 나를 버리는 거야!"

비사람이 발작하듯 소리치며 얼음사람에게 한 걸음 다가왔다. 그러나 얼음사람이 내뿜는 한기에 몸을 부르르 떨고는 한 발짝 뒷걸음쳤다. 얼음사람은 표정 하나 없이 말했다.

"당신을 버리는 게 아니에요. 저는 당신을 가진 적이 없는 걸요. 당신을 가질 수 있는 건 오직 당신뿐이에요."

"됐어, 가버려!"

비사람은 다시 벤치에 가서 앉았다. 빗줄기는 얼음사람이 비사람을 처음 봤을 때로 돌아와 있었다. 얼음사람은 떠나기 전 마지막으로 비사람을 향해 말했다.

"당신이 제일 좋아하는 것을 해보세요. 그걸 매일매일 하면 기분이 좋아질지도 몰라요."

"내가 좋아하는 건 그냥 여기 앉아 있는 거야."

"그렇다면 어쩔 수 없네요."

얼음사람은 비사람을 뒤로하고 발길을 돌렸다. 길을 걷던 얼음사람의 눈발이 갑자기 바람에 휘날렸다. 무슨 일인가 싶어 얼음사람이 주변을 둘러보니 제 옆에 매끈하게 생긴 한 남자가 바람을 휘날리며 흔들리듯 서 있는 것을 발견했다. 바람사람이었다.

"안녕, 예쁜 아가씨?"

얼음사람은 가만히 바람사람을 바라보았다. 그러자 바람사람이 휘리릭 반 바퀴를 돌아 얼음사람의 반대편으로 왔다. 눈발이 바람을 타고 그의 얼굴을 스쳤다.

"앗, 차가워. 신비로운 만큼 차가운 아가씨네. 시간 있으면 나랑 차 한잔할래요?"

"저랑 있으면 춥지 않나요?"

"좀 춥긴 하지만, 아름다운 아가씨와 함께하려면 그 정도는 견뎌야죠!"

바람사람은 또다시 바람을 일으키며 얼음사람 주위를 반 바퀴를 돌았다. 가만있지 못하는 것 같았다.

"좋아요."

얼음사람은 누군가와 함께 차를 마신다는 게 어떤 기분일지 궁금했다. 그래서 바람사람을 따라 카페로 들어가 차를 시켰다. 둘이 자리 잡은 테이블 주변에 눈발 날리는 차가운 바람이 감돌았다. 따뜻한 차가 담긴 잔을 처음 만져본 얼음사람은 깜짝 놀라 손을 떼었다. 낯설었지만 기분 나쁘지는 않았다.

"당신은 정말 아름답고 신비롭군요. 난 이곳저곳을 돌아다니며 많은 사람을 만나봤지만, 당신 같은 사람은 처음 봐요. 아, 나로 말할 것 같으면 아름다움과 자유를 추구하는 사람으로서……"

바람사람은 묻지도 않았는데 자기 자랑을 슬슬 늘어놓기 시작했다. 바람사람은 사진작가였다. 바람처럼 곳곳을 돌아다니며 아름다운 것을 찾아 사진을 찍는다고 했다. 그러면서 얼음사람의 사진을 찍고 싶다고 말했다.

"당신의 아름다움을 내 사진에 담아줄게요. 그럼 당신은 그 아름다움을 영원히 간직할 수 있어요."

아름다움을 영원히 간직하는 것보다 얼음사람은 그냥 사진이란 것이 궁금했다. 그래서 사진 찍는 것을 승낙했다.

"오늘은 사진기를 가져오지 않았어요. 내일 이 시간에 여기서 다시 만나요."

다음 날, 얼음사람은 같은 시간에 카페로 찾아왔다. 그러나 바람사람은 보이지 않았다. 얼음사람은 따뜻한 차 한 잔을 시켜 마시면서 바람사람을 기다렸다. 얼음사람은 빠르게 식어가는 차를 천천히 음미하며 바람사람을 기다렸지만 바람사람은 나타나지 않았다. 남은 차는 어느새 얼음이 되어버렸다.

카페를 나와 길을 걷던 얼음사람은 멀지 않은 곳에서 여자들에게 둘러싸여 웃고 떠드는 바람사람을 발견했다. 얼음사람은 그에게 다가가 말했다. 늘 그랬듯이 목소리의 높낮이는 없었다.

"여기서 뭐 하고 있나요?"

"아, 당신!"

바람사람은 얼음사람을 보고는 잊었던 것을 떠올린 듯했다. 그러고는 태연스럽게 웃으며 말했다.

"당신의 차가움 때문에 어젯밤에 몸살이 나서 말이죠."

그러나 그는 어딜 봐도 아픈 사람처럼 보이지 않았다. 그의 주변에 있던 여자들이 얼음사람을 보며 웃었다. 얼음사람은 왠지 기분이 나빠졌다.

"아파 보이지 않는데요."

"밤에는 아팠지만 이제는 괜찮아요. 새롭게 아름다운 사람들을 발견해서 말이에요. 물론 당신의 아름다움에 비할 바는 아니지만."

살랑살랑. 바람처럼 말만 살랑거렸다.

"나랑 했던 약속을 잊었나요?"

얼음사람은 차분하게 물었다. 그렇지만 바람사람은 이상한 말을 했다.

"예쁜 아가씨, 나를 구속하려 하지 말아요."

어이가 없었다. 졸지에 얼음사람을 집착하는 사람으로 만들어버리다니. 얼음사람의 목소리 톤은 여전히 고저가 없었지만 그 주변의 공기는 더욱 차가워졌다.

"그딴 건 하지 않아요. 당신과는 앞으로 만날 일이 없을 것 같네요."

얼음사람이 차갑게 돌아섰다. 그러자 바람사람이 얼음사람을 붙잡으려 했다.

"잠깐만요, 사진 찍고 싶다면서요. 내가 당신의 사진을 찍어주기로⋯⋯."

말이 끝나기도 전에 매서운 눈바람이 바람사람의 얼굴을 때렸다. 바람사람은 더 이상 얼음사람에게 가까이 다가갈 수 없었다. 얼음사람의 차가운 눈빛에 바람사람은 휘휘 흔들리듯 뒷걸음쳐 멀어졌다.

어느 광장에 도착한 얼음사람은 많은 사람들이 어느 한 사람을 피해 다니는 것을 볼 수 있었다. 그는 술병을 한 손에 쥔 채 사람들을 향해 독을 내뿜고 있었다. 독사람이었다.

"어이, 너희! 내가 더럽냐? 네놈들이 뭔데 나를 피해! 나에 대해 뭘 알아? 야, 너 이리 와봐."

그는 알지도 못하는 불특정 다수를 대상으로 독을 내뿜다가 가까이에 있던 젊은 여자를 가리키며 괜히 시비를 걸었다.

"어른을 봤으면 인사를 해야지. 버르장머리 없는 놈들 같으니라고! 내가 우습냐, 어!"

젊은 여자가 빠르게 지나가 버리자 이번에는 작고 왜소한 한 남자를 가리키며 말했다. 얼음사람이 가만히 보니 독사람이 시비 거는 사람들은 다 저보다 어리거나 작거나 약해 보이는 사람들이었다.

"어린놈의 새끼들이, 건방지게 말이야! 도대체 가정교육을 어떻게 배운 거야! 네 부모들이 그렇게 가르치디!"

그러나 한 남자가 발끈해 독사람에게 따졌다.

"그쪽이 뭘 안다고 가정교육을 운운해요? 저 알아요?"

"안 봐도 뻔하지! 너 하는 짓 보면 다 알아!"

"알긴 뭘 알아요. 술주정뱅이 주제에!"

독사람이 내뱉는 독이 남자의 몸에 쌓여갔다. 얼음사람은 그들 근처에 가고 싶지 않아 그대로 자리를 떴다.

*

아무리 오래 걷고 아무리 사람들을 만나도 얼음사람은 건너편 산봉우리를 등반하던 사람들 같은 따뜻하고 뜨거운 이를 만날 수 없었다. 얼음사람의 실망은 점점 커져갔고, 그의 눈발도 점점 매서워졌다. 더 이상 걷는 것도 사람을 만나는 것도 의미가 없을 것 같았다. 얼음사람은 길가 돌부리에 앉았다. 얼음사람의 몸에 눈이 두텁게 쌓여갔다. 갑자기 비사람이 떠올랐다. 자신의 모습이 비사람과 다를 바 없을 것 같다는 생각이 들었다.

몇몇 사람들이 얼음사람 앞을 지나갔지만, 눈발 쌩쌩 부는 얼음사람에게 아무도 다가갈 엄두를 내지 못했다. 사실 다가갈 이유도 없었다. 그래서 얼음사람은 그냥 그렇게 동상처럼 앉아 있었다. 혼자도 괜찮으니 이제 그만 집이 있는 얼음산으로 돌아갈까 생각 중이었다. 그때였다. 따뜻한 찻잔을 만졌을 때처럼 포근한 기운이 느껴졌다.

"괜찮으세요?"

햇살처럼 온기와 후광을 가진 남자가 걱정스러운 눈빛으로 얼음사람을 바라보고 있었다. 햇살사람이었다.

"도움이 필요하면 말씀하세요."

햇살사람이 재차 물었다. 얼음사람은 자신의 어깨 위에 쌓인 눈이 조금씩 녹아내리는 것을 느끼고는 용기 내어 말했다.

"도움이 필요해요. 따뜻한 사람을 찾고 있었어요."

"따뜻한 사람이요?"

얼음사람은 건너편 산봉우리에서 봤던 뜨거움을 나누는 사람들 이야기부터 그런 사람을 찾아 내려왔지만 매번 실패했던 자신의 여정을 간략하게나마 이야기했다. 얼음사람의 이야기를 경청하던 햇살사람은 이렇게 말했다.

"당신이 찾는 그런 뜨거움은 하루아침에 만들어지지 않아요. 물론 좋은 사람을 만나야 하겠지만 힘든 일, 즐거운 일을 같이 겪으면서 오랜 시간을 함께 공유해야 생기는 거예요."

생각도 못 했던 일이었다. 얼음사람은 충격을 받은 듯 멍한 표정이 되었다. 드물게 짓는 표정이었다. 햇살사람은 그 표정을 가만히 보더니 이렇게 말했다.

"친구가 필요해요? 괜찮으면 나랑 친구 해볼래요?"

그 말에 눈 내린 속눈썹을 깜박이며 얼음사람이 물었다.

"그래도 괜찮아요? 당신은 내가 춥지 않나요?"

햇살사람이 햇살처럼 웃으며 말했다.

"난 열이 많아서 그런가, 시원하고 좋은데요."

순간 얼음사람은 자신의 몸이 녹아내리는 느낌이 들었다.

하지만 기분이 나쁘지 않았다. 그의 따뜻함을 더 느끼고 싶었다. 그렇게 두 사람은 친구가 되기로 하고는, 다음 날 같은 시간에 이곳에서 만나기로 약속했다.

다음 날이 되자 얼음사람은 두려워졌다. 바람사람처럼 햇살사람도 나타나지 않는 건 아닐까. 약속도 자신도 잊어버린 건 아닐까. 표정은 변함없지만 만나기로 약속한 시간이 다가올수록 얼음사람은 초조해 어쩔 줄 몰랐다. 급기야 얼음사람은 만나기로 한 곳에 한 시간 먼저 가 있었다. 근처에 숨어서 햇살사람이 오는지 몰래 지켜볼까 고민했다. 약속한 곳에서 또다시 바람맞는 일을 겪고 싶지 않았기 때문이다. 그러다 자신이 어쩌다 이 지경이 됐을까 자괴감이 들어서 그만두었다. 오히려 고개를 빳빳이 들고 곧은 자세로 앉아 눈발을 휘날리며 햇살사람이 나타나기를 기다렸다.

드디어 약속한 시간이 되었다. 그러나 햇살사람은 나타나지 않았다. 5분이 가고 10분이 가도 나타나지 않았다. 얼음사람의 얼음 같던 표정에 금이 가기 시작했다. 그의 마음에도 쩍쩍 금이 갔다. 늘 꼿꼿하던 얼음사람이 처음으로 고개를 푹 떨구었다.

'이곳은 내가 살 곳이 아닌가 보다. 그만 돌아가야겠다.'

마음을 단단하게 굳히며 얼어붙은 자신의 발치를 쳐다보던 그때였다. 얼음사람의 목에 뭔가가 둘렸다. 그리고 헉헉 숨을 몰아쉬는 소리가 들렸다.

"미안해요! 갑자기 이게 생각나서 챙겨 오느라 늦었어요."

얼음사람이 천천히 고개를 들었다. 햇살사람이 온기를 내뿜으며 미소 짓고 있었다. 잠시 멍해진 얼음사람이 자신의 목에 둘린 것을 보니 털목도리였다. 얼음사람은 이런 것을 해본적이 없었다. 어떻게 하는 건지도 몰라 가만있자 햇살사람이 옆에 앉아서 목도리를 제대로 둘러주었다. 햇살사람의 다음행동은 얼음사람을 더욱 놀라게 했다. 얼음사람의 손을 한쪽씩 잡아끌더니 커다란 장갑을 끼워주는 것이었다.

"내가 가진 옷은 당신한테 너무 클 것 같아서 이거라도 챙겨 왔어요. 보기와 달리 당신은 따뜻한 걸 좋아하는 것 같아서요. 제 마음이라고 생각하세요."

금 갔던 얼음사람의 마음이 간질간질해졌다. 장갑을 다 끼워준 햇살사람은 뛰어온 탓에, 더운지 셔츠를 펄럭이며 웃어보였다.

"아, 더웠는데 당신 옆에 있으니까 시원하네요. 하하."

그의 웃음소리를 듣는 순간 얼음사람은 저도 모르게 웃음지었다. 처음 알았다. 웃음이란 게 이런 거구나. 이런 기분이구나. 이상하게 눈물이 날 것 같았다. 얼음사람은 저도 모르게 한쪽 장갑을 벗어 자신의 차가운 손을 그의 얼굴에 살며시 가져다 댔다. 갑작스러운 차가움에 깜짝 놀랐지만 햇살사람은 피하지 않았다. 오히려 "아, 시원하다."를 외치며 그의 손을 붙잡고 자기 얼굴 여기저기에 갖다 대며 웃었다. 얼음사람도 소리 내어 웃을 수밖에 없었다. 그의 따뜻함에 저절로 웃음이 났다. 얼음사람의 눈발은 어느새 사라지고 없었다. 얼음사람은 그의 곁에 오래 머무르고 싶다는 생각이 들었다.

'그와 오랜 시간을 공유한다면 나도 등반가들이 나누던 것 같은 뜨거움을 그와 나눌 수 있을까. 하지만 그 시간이 모두 이렇게 좋지만은 않을 텐데.'

"우리가 정말 오랜 시간을 함께 공유할 수 있을까요?"

망설이는 듯한 얼음사람의 물음에 햇살사람은 미소와 함께 답했다.

"글쎄요. 그거야 해봐야 알지요."

얼음사람은 살짝 풀이 죽었다. 그러나 곧이어 햇살사람의 말이 이어졌다.

"당신의 시간을 나랑 공유해볼래요? 할 수 있겠어요?"

"할 수 있겠냐고? 글쎄요⋯⋯."

얼음사람이 가만히 햇살사람을 바라보았다. 그러다 무심코 자신을 손을 내려다보았다. 그런데 자신이 손이 반쯤 녹아 형체만 남아 있었다. 아까 햇살사람의 얼굴에 닿았던 손이었다.

'몇 번 닿았다고 이렇게 녹아내리다니. 이런데도 모르고 있었다니. 그와 함께한다면 나는 생각보다 빨리 나도 모르는 새

230

에 완전히 녹아내려 사라져버리겠구나.'

얼음사람의 어깨에 쌓였던 두터운 눈도 어느새 녹아 흐르고 있었다.

'내가 사라지는 것을 감당할 만한 가치가 있을까? 그와 함께하지 않는다면 다시 혼자 있는 차가운 시간을 예전처럼 아무렇지 않게 살 수 있을까?'

어느 쪽이든 쉽지 않은 선택이었다. 얼음사람이 따뜻함을 바라는 것에는 대가가 따랐다.

거짓 세상

'머리가 깨질 것 같다. 온몸의 장기가 입 밖으로 튀어나올 것 같은 느낌이 드는 건 왜일까?'

힘겹게 눈 떠 보니 깨진 창밖으로 유리 파편과 땅바닥이 보였다.

'내가 왜 거꾸로 매달려 있는 걸까. 난 운전 중이었는데……. 아, 누가 내 차를 들이받았지?'

전복된 차 안에서 누군가가 구조하러 올 거라는 생각으로 몇 분째 매달려 있지만, 아무도 오지 않았다. 그렇다면 계속 기다리고만 있는 게 썩 좋은 생각은 아닌 것 같았다. 머리만 깨지게 아플 뿐 다른 곳은 크게 다치지 않은 것 같으니 차 밖으로 나가야겠다는 생각이 들었다.

힘겹게 안전벨트를 풀고 바닥에 떨어진 나는 부서진 차창을 통해 밖으로 나가려고 했다. 그러나 운전석 하부에 다리가 걸려 꼼짝하지 않았다. 그대로 구조를 기다려야 하나 싶었던 찰나, 금속으로 땅을 긁는 고약한 마찰음이 들렸다. 고급 세단으로 추정되는 반쯤 부서진 차 한 대가 내 차 옆을 스치고 지나갔다.

'저게…… 뺑소니를 쳐!'

기를 쓰고 몸을 차 밖으로 꺼냈다.

'저 차 번호를 봐야 해!'

사람이 위기에 닥치면 괴력이 생긴다는 게 내게도 해당하는 말인 듯했다. 걸린 다리를 우격다짐으로 잡아당겨 몸을 꺼내는 데 성공했다.

나는 눈을 한껏 찡그려 집중했다.

'더러운 자식! 4587오 8000. 너 내가 기억한다!'

유리 파편 위를 기어 차에서 몸을 빼냈다. 하필 인적 뜸한 시골 도로라 지나가는 차도 없었다. 요즘 세상에 교통사고도 거의 없는데 뺑소니라니. 결국 내가 신고해야 할 상황이었다.

그런데 이상하게 머리만 깨지게 아플 뿐 몸에 큰 통증이 느껴지지 않았다. 몸을 일으킬 수 있는 상태는 아닌데 감각이 마비된 것처럼 느껴졌다.

'오히려 다행일지도 몰라…….'

그런 대수롭잖은 생각으로 아까 억지로 잡아 뺐던 다리를 내려다보았다. 내 예상과 달리 정강이의 살이 뼈가 보일 정도로 파여 있었다.

'그런데…… 이게 뭐지?'

벌어진 살 틈으로 보이는 것은 사람 뼈가 아닌 뼈처럼 생긴 금속이었다.

'금속? 금속이 왜 내 다리뼈를 대신하고 있지? 언제 철심을 박았나?'

나는 그런 기억도 없거니와 이건 철심이 아니라 금속 뼈 그 자체였다. 심지어 심각한 상처에 출혈도 별로 없었다. 충격으로 머리가 멍해졌다. 그때였다. 이질적인 기억이 머릿속을 스쳤다. 인공지능 로봇을 테스트하는 모습이 보였다. 누가 테스트하는 지는 보이지 않았지만, 내 시점이었다.

'난 이런 기억이 없는데…….'

많은 것들이 한꺼번에 밀어닥쳐 혼란스러운 순간 깨질 것 같은 머리를 부여잡다가 다시 다리의 상처로 눈이 갔다. 큰마음 먹고 상처난 피부를 들여다봤다. 그리고 깨달았다. 한 번도 가짜라고 느껴본 적 없던 피부가 인조 피부라는 것을.

몇 년 만에 병원에 온 건지 모르겠다. 이렇게 크게 다쳐본 것은 처음이라 내 몸이 뭐로 이루어진 건지 모르고 살았다. 자신의 몸이 인조물이라는 걸 누가 상상이나 할까. 병원에 와서도 충격이 겹겹이 쌓이고 있었다. 일단 내 신원을 확인한 의료진이 갑자기 시끄러워졌다. 그사이 나는 병원을 훑어보았다. 일반적인 병원의 모습은 아닌 것 같았다. 입원한 환자도 나뿐인 것 같았다.

'원래 병원이란 곳은 환자가 꽉꽉 차 있는 곳 아닌가? 내 상식으로는 그런데.'

그런 생각을 하고 있을 때, 의료진이 우르르 다가오더니 곧 수술에 들어가겠다며 내가 누워 있는 침대를 끌고 어디론가 데려갔다. 그리고 수술대에 누운 나는 퓨즈 나가듯 정신을 잃었다.

*

정신이 들고 보니 텅 빈 입원실에 나 혼자 누워 있었다. 입원실 밖에서는 TV 소리가 들려왔다. 정치인 '박치열'이 또 사람들을 선동하는 과격 집회를 벌였다는 뉴스였다. 저 사람은 도대체 왜 저러는지 모르겠다.

나는 얼마나 마취되어 있었던 걸까. 마취되었던 게 맞긴 한가. 살이 파였던 정강이는 붕대로 감싸져서 상태를 확인할 수 없었다. 힘겹게 붕대를 풀어봤다. '드레싱이 필요하다면 다시하면 되겠지.' 그러나 역시, 내 예상이 맞았다. 드레싱은 필요 없을 것 같다. 상처는 없었다. 네모반듯한 모양으로 미세한 금이 보일 뿐이었다. 피부를 잘라내고 정교하게 끼워 맞춘 것처럼.

'나는 인조인간인 걸까?'

여태껏 내가 인간임을 한번도 의심한 적이 없었다. 알 수 없는 상황이 이어졌다. 인조인간이라면 감염 위험도 없을 텐데 붕대는 왜 감아놓았던 걸까. 세상이 내게 거짓말하는 것 같았다.

'대체 왜?'

그때 의사가 입원실에 들어왔다. 그리고 내 다리를 보고는 건조하게 말했다.

"붕대를 푸셨네요."

"필요 없는 것 같은데요, 이 상태면……."

퉁명스러운 내 말에 의사는 친절하지만 여전히 건조하게 대답했다.

"그래도 며칠은 고정해두는 게 좋습니다, 잘 붙으려면."

'아, 고정용이었군.'

궁금함을 참을 수 없었던 나는 의사에게 단도직입적으로 물어봤다.

"제 다리뼈 보셨죠? 피부도 그렇고. 이런 거 보셨나요?"

당연히 나는 처음이라는 말을 기대했다. 그러나 의사의 답은 나를 더욱 혼란스럽게 만들 뿐이었다.

"그럼요. 지극히 정상입니다."

'뭐? 인공물로 되어 있는 몸이 정상이란 말인가?'

"정상이요? 그럼 모두가 이렇다는 말입니까?"

"모두가 그렇죠. 아, 환자분은 조금 다르네요. 뇌는 환자분의 원래 뇌가 맞습니다. 그래서 일반적인 수술과는 조금 다른 처치가 필요했죠."

'그 말인즉슨 내 뇌를 인공 몸에 이식했다는 건가?'

"그럼 다른 사람들은 뇌도 인공물입니까? 선생님도?"

의사의 표정은 티끌만큼도 변함이 없었다.

"네, 우리는 모두 인공지능 로봇입니다."

믿을 수 없는 말이 난무하지만 거짓이라 치부할 수도 없었다. 내 뼈를 보지 않았다면 아마 절대 믿지 않았을 것이다. 그럼 내가 살아온 세상이 누군가에 의해 만들어진 거짓 세상이라는 말인가. 도무지 믿을 수가 없어 혼란스러움에 고개를 저었다. 그 모습을 본 의사가 고개를 갸웃하며 물었다. 지금까지 들은 말 중에 가장 충격적이었다.

"모두 환자분께서 만드신 것 아닙니까. 김철 박사님, 기억에 이상이 왔나요?"

인공지능이 사람 행세하는 세상을 내가 만들었다니. 내가 만든 세상이라지만 내가 모르는 세상. 나는 박사도 아니고 그저 IT 기업의 프로그래머일 뿐인데 저들은 내가 모르는 나를 알고 있었다.

대체 어떻게 된 건지 알아내야 했다. 일단 내 몸부터 확인해야 했다. 온갖 검사를 다 한 후, 내 몸이라는데 내 몸 같지 않은 검사 사진을 보여주었다. 사진을 보자 의사의 말처럼 뇌를 제외하고는 내 몸이 로봇이라는 사실이 명백히 드러났다. 믿지 않을 수가 없게 되었다.

당장 퇴원하려 했지만, 정강이뿐 아니라 척추까지 뒤틀려 뼈대 전체를 교정해야 한다며 당분간은 병원에 있으라는 통보를 받았다.

'가만…… 생각해보니 그럼 아내도 인공지능 로봇이란 얘기인가?'

가슴이 차가워지는 느낌이 들었다. 병원 측에서 연락했으니 곧 올 거라고 했다. 아내가 병원에 올 때까지 나는 가만있을 수가 없었다. 의사는 뭔가 아는 것 같으니 더 물어봐야겠다고 생각했다.

'환자도 별로 없고 가끔 오가는 환자들도 다 로봇이란 얘기인데 위급할 리 없겠지.'

주치의를 찾아 어떻게 된 건지 물어봤지만 그도 아는 게 별로 없었다.

"저는 그저 의학과 인체공학 지식이 발달했을 뿐이지 인공지능 시대 이전의 세상에서 지금이 어떻게 오게 된 건지 그 과정은 자세하게 모릅니다. 그저 우리에게는 각 직업에 맞는 필요한 지식이 주어졌을 뿐이고, 최대한 인간처럼 생각하고 행동할 것이 요구되었을 뿐입니다. 그것도 박사님이 하셨을 텐데요."

점점 더 미궁 속에 빠져들었다. 그렇다면 인간은 다 어디로 간 것이며, 나는 왜 내 몸마저 로봇으로 교체했을까 하는 의문이 꼬리에 꼬리를 물고 나를 괴롭혔다. 지금의 나를 인간이라 부를 수 있는 걸까. 내 기억은 대체 어떻게 된 것일까. 순간 주치의의 말이 내 의문을 잘라냈다.

"그런데 교통사고로 오신 거죠?"

"네. 그것도 뺑소니요."

의사는 이번에도 표정 없이 고개만 갸웃거렸다.

"이상하네요. AI가 교통사고를 낼 리 없는데…… 이 세계에서 교통사고 소식을 들어본 적 있으십니까?"

그러고 보니 없다. 내가 기억하는 한 교통사고나 살인사건 같은 뉴스를 본 적이 없는 것 같다. 그동안 얼마나 기계적이지만 평화로운 세월을 살았는지 실감이 됐다. 그런데 내 기억이 언제부터 시작된 지도 나는 생각해내지 못했다.

"AI는 자신의 이득을 꾀하도록 프로그램되어 있지 않은데. 정말 이상한 일입니다."

그렇다는 것은, 두 가지 가설이 있을 수 있었다. 진짜 인간이 있거나, 나처럼 인간의 뇌를 가진 로봇이 있거나.

"사고에 대해서 경찰에 진술해야겠어요."

신고를 받고 찾아온 경찰에게 내가 사고당했던 경위와 기억했던 차 번호를 말해주었다. 내 차의 블랙박스는 물론 근방 CCTV를 모두 뒤져 뺑소니범의 신원을 확인하는 데까지 24시간도 걸리지 않는다고 했다.

'AI의 장점이군.'

그때 또다시 이질적인 기억이 뇌를 스쳤다. 창고 깊숙한 곳에 뭔가를 숨기는 모습이었다.

'저것도 나인가? 뭔데 저렇게 숨기는 거지?'

저기에 단서가 있을 것 같은 예감이 강하게 들었다. 경찰이 돌아가고 얼마 지나지 않아 아내가 병실을 찾아왔다.

"여보, 이게 무슨 일이야. 괜찮아? 많이 다쳤어?"

아내는 정말로 걱정스러운 표정을 하고 있었다. 너무나 인간적으로 보이는 이 사람이 AI라니. 나는 이제 내가 알고 있는 것을 믿을 수가 없었다. 그렇지만 굳이 아내에게 당신이 AI라는 걸 알아버렸다고 말한들 뭐가 달라질까. 아내 또한 내가 만들었을 텐데. 건조한 미래가 기다리고 있을 뿐이었다. 부득이 밝혀야 할 상황이 오기 전까지는 평소같이 아내를 대하기로 했다.

"병원에 며칠 있으면 괜찮아진대. 걱정 마."

아내를 안심시키고 나니 아까 떠오른 창고 안 기억이 생각났다. 그걸 찾아야 했다. 아내를 믿을 수 있을까. AI라고 해서 딱히 믿지 못할 이유는 없다는 생각이 들었다. 진짜 감정이 아닐지라도 나를 해할 이유는 없을 테니까.

"여보, 당신은 내 편이지?"

뜬금없는 내 물음에 잠시 의아한 표정을 짓던 아내는 곧 웃으며 대답했다.

"물론이지. 뭘 그런 걸 물어."

진짜 내가 만들었다면 정말 잘 만들긴 한 것 같다.

"그럼 부탁이 있어. 나 좀 데리고 집으로 가줘."

병원을 탈출한 건 아니었다. 잠깐 외출이랄까. 병원에는 아내와 잠시 시간을 보내고 오겠다고 하고, 환자복 차림 그대로 아내의 차를 타고 집으로 향했다. 그러고는 내리자마자 바로 집 건물에 붙어 있는 창고로 들어갔다.

'아까 기억 속에서 봤던 위치가 어디더라.'

이것저것 잡동사니를 끄집어내고 나서야 가장 구석에 포장재로 꽁꽁 싸인 뭉치를 발견했다. 꺼내어 풀어보니 낡은 구형 노트북이었다. 다행히 전원 어댑터도 함께 있었다. 마치 언젠가 이것을 발견해주기를 바란 것처럼.

전원을 켰다. 노트북 안에 별다른 자료는 없었다. 과거에 쓰던 프로그램 정도만 있을 뿐, 문서조차 거의 없이 텅 비어 있다고 해도 과언이 아니었다. 그러나 그럴 리 없다. 드라이브는 거의 꽉 차 있으니까. 바로 숨김 파일을 해제했다. 역시, 수백 개의 숨김 파일이 드러났다. 몇몇 파일에는 비밀번호가 걸려 있었다.

'비밀번호가 뭘까? 실력 좀 발휘해볼까?'

비밀번호 알아내는 정도는 일도 아니었다. 프로그램 몇 개를 사용해 오래 걸리지 않아 알아냈다. 생각보다 단순했다. HumanAI038.

파일마다 숫자만 다를 뿐 앞 문자는 같았다. 모든 파일을 열어보았다. 연구 진행 보고서부터 AI 실험을 하는 동영상도 있었다. 수십 개의 파일을 열어보고 나서야 사태를 대강 파악할 수 있었다.

'방법이 없다. 이제 살 수 있는 길은 인간의 몸을 포기하는 것뿐. 생명은 알 수 없는 바이러스에 의해 반드시 죽을 테니까. 몸을 포기하더라도 내 정신을 유지할 수 있다면 나는 살아 있는 것이리라.'

AI 로봇은 이미 개발이 완료된 상태로 대량생산을 마치고 상용화를 앞두고 있었다. 김철 박사, 나 그리고 연구팀은 이미 인간의 몸에 AI를 이식하는 연구와 실험을 진행 중이었다. 그런데 인류가 급속도로 사망하면서 멸망하기에 이르렀다. 원인은 새롭게 창궐한 바이러스였다. 그동안 몇 번의 팬데믹을 거치면서 전 세계 인구가 반토막이 났는데 또다시 극악한 재앙이 인류를 덮쳤다. 대체 어디서 생겨났는지 원인을 분석할 겨를도 없이 사람이 죽어나갔다. 백신을 만들 시간조차 없었다. 연구실 팀원들의 가족과 VIP 몇 명이 바이러스를 피해 벙커와 같은 연구실로 도망쳐 왔다. 내 가족은 연구실로 오는 길에 모두 사망했다.

연구실로 무사히 도망쳐 온 사람들은 그 수가 30명도 되지 않았다. 나중에 알고 보니 그나마 가장 오래 생존한 것이 우리 연구실에 있던 사람들이었고 나머지 인류는 전멸하고 말았다. 좋아할 일은 아니었다. 약간의 차이일 뿐 이곳을 나갈 수 없다면 결국 죽게 될 것은 마찬가지였으니까. 시간이 갈수록 나를 포함한 사람들의 몸과 정신은 피폐해졌다. 나는 어떻게든 살 수 있는 방법을 찾아보려 했지만, 결국 답은 하나뿐이었다. AI에 뇌를 이식하는 것. 그렇게 해서라도 살고 싶다면 말이다.

일부는 차라리 죽겠다고 했고, 일부는 뇌를 이식하겠다고 했다. 이식은 AI를 이용해서 할 수밖에 없었다. 의료 장비를 갖추고 있지만 의사가 없었으니까. 어차피 죽기 아니면 인조인간 되기다. 이식을 위해 AI를 필사적으로 훈련시켰고, 내 감독하에 원하는 사람들의 뇌를 이식했다. 마지막 차례는 나였다. 이식한 사람은 10명 남짓. 그러나 성공적으로 이식된 사람은 단 2명이었다. VIP라며 제일 먼저 도망쳐 왔던 국가 고위 관료 하나와 나. 세상에 인간성을 가진 존재는 그렇게 그와 나만 남게 되었다.

또 다른 동영상을 열어보았다. 일기처럼 기록을 남긴 내 모습이었다.

"이 몸에 점점 익숙해지고 있다. 생각보다는 나쁘지 않다. 그러나 처음 연구실 밖을 나간 순간, 인간의 멸망 흔적을 눈으로 보고 말았다. 나는 다시 이곳으로 들어올 수밖에 없었다."

"이제 이곳에는 나뿐이다. 그 사람은 이곳이 지겹다며 알아서 살겠다고 했다. 그래, 나도 혼자인 게 더 좋겠다. 그 사람은 어딘가 좀 과격하고 이상한 성격이니까. 인간이라고는 이제 둘뿐인데 좀 더 성격이 좋은 사람이길 바랐다."

"여기 있는 AI들을 더 완벽하게 사람처럼 만들어야겠다. 같이 대화하다 보면 외롭지 않겠지."

"AI들을 활용해서 지구를 청소해야겠다. 나도 연구실 밖을 나갈 때가 되었어."

"원래의 지구를 재현하는 게 지금 나의 목표다."

"사람들이 다시 살아난대도 누가 사람인지 AI인지 모를 거야. 나만 빼고."

"이렇게 사는 게 과연 의미가 있는 걸까. 인간과 정말 똑같은 수준으로 AI들을 만들었지만, 그들이 인간이 아니라는 것

을 나는 안다. 차라리 몰랐으면 좋겠다……. 내 기억을 없애고
싶다."

결국, 나는 내 기억까지 없애는 길을 택했지만, 뺑소니 사고
로 인해 또다시 알게 돼버렸다.

"아, 뺑소니!"

하도 센 사실을 연이어 알게 되니 뺑소니를 자꾸 잊어버렸
다. AI 세상에서 의심 가는 사람을 하나 알게 됐지만 범인은
경찰이 찾아줄 거라 믿었다. 나는 노트북을 챙겨 다시 병원으
로 돌아왔다.

*

다음 날 아침, 경찰들이 범인을 찾아 체포했다며 나를 찾아
왔다. 범인은 역시 그 사람, 나처럼 자기 뇌를 가진 '박치열'이
었다. 그리고 떠올려보니 사건, 사고가 드문 AI 세상에서 유독
사건을 일으켰던 자도 그였다. 어떻게 했는지 몰라도 수십만
의 AI들을 자신의 세력으로 만들어 선동하고, 간혹 폭력 사태
도 일으켰다. 기억을 없앤 후로 나는 그저 이상한 사람들이라
고만 생각했지만, AI들을 교육해서 자신을 따르도록 만든 거
라면 문제가 매우 심각했다. 인간성이 없는 존재들에게 어떤
목적이 주어지느냐에 따라 그들이 저지를 수 없는 일의 범위

는 상상 이상일 수 있기 때문이다.

물론 그 해결 방법은 내 손안에 있었다. 나는 모든 AI의 시리얼 넘버와 그들을 컨트롤할 수 있는 치트 키, 내 노트북을 찾았으니까.

가장 큰 문제는 이 세상의 암적인 존재, 박치열이었다. 그를 세상에 존재하도록 놔둬야 할지 고민 되었다. 솔직히 별로 그러고 싶지 않았다. 처음부터 그는 마음에 들지 않는 인간성을 지녔다. 만약 그의 뇌와 몸체 AI의 연결을 끊을 수 있다면 그건 살인일까. 어차피 이곳에서 인간이라 할 만한 사람은 나와 그뿐이었다. 그런 세상에서 그는 나를 죽일 뻔했고 죽도록 내버려두고 도망쳤던 인간이다. 나를 AI라고 생각했더라도 상관없다. 인간성과 양심의 문제니까.

'그를 폐기하고 나면 나는 그걸로 또 양심의 가책을 받겠지. 어쩌지?'

그럼 어떻게 할까라는 물음이 머릿속을 떠나지 않았다.

'아, 그래. 그를 폐기하고 내 기억을 다시 없애면 되지 않을까? 그럼 뺑소니 사고 같은 걸로 기억을 다시 찾을 일은 없겠지. 인간의 뇌를 가진 건 나뿐일 테니까.'

까마귀와의 조우

나와 마주 선 까마귀가 말했다.

"이 길을 지나가실 건가요?"

말하는 까마귀가 있다는 이야기는 들어본 적이 없고, 상상해본 적도 없었다. 사실 실물 까마귀를 본 것도 처음이었다. 그렇지만 막상 마주친 당시의 나는 좀 놀라긴 했어도 이내 자연스럽게 받아들였던 것 같다. 아마도 그를 만났던 장소가 주는 신비함 때문이 아닌가 생각한다.

그곳은 제주의 신비함을 가득 품은 우리나라의 대표 명산 한라산이었다. 내가 30살이 되던 그해의 9월은 아직 여름의 기운을 완전히 벗진 못했으나, 끝을 헤아릴 수 없는 푸른 하늘과 더불어 쓸쓸한 가을 냄새를 조금씩 풍기고 있었다. 그 날씨에 취한 듯 나는 쌓인 일을 뒤로하고 훌쩍 제주도로 늦은 휴가를 떠났다. 5년 만에 떠나는 휴가이자 첫 제주 여행이었다.

한국의 친숙함과 이국적 느낌이 공존하는 제주의 아름다움에 매료된 나는 무슨 객기에선지 한라산 등반까지 도전해버렸다. 도전이란 말이 적합하다. 한라산은 등산에게도 절대 만만한 산이 아니니까. 등산 애호가가 아닌 내 눈에도 한라산은 확실히 남다른 산 같았다. 고도에 따라 완전히 색다른 자연 풍경이 나타났고, 힘들게 올라 분명 꼭대기 부근까지 왔는데 갑자기 초원이 펼쳐지는 비현실적인 광경이 눈앞에 펼쳐졌다. 이런 산이라면 어딘가에 정말 신선이나 영물이 살지도 모르겠다는 생각이 들 정도로 비현실적인 곳. 그런 신비함과 아름다움을 한껏 눈에 담고 산에서 내려오는 길이었다.

등산로를 따라 산 중턱쯤 내려왔을까. 비교적 완만하지만 폭이 좁은 직선구간에 들어섰을 때였다. 정면 15미터쯤 아래쪽을 보니, 한 까마귀가 마치 사람처럼 등산로 한가운데를 걸어서 올라오고 있었다. 산 초입에서 멀찍이 나무 위에 앉아 있는 까마귀를 몇 마리 보긴 했지만, 등산로를 걸어 오르는 까마귀를 보자 어딘가 현실성이 떨어진다는 느낌이 들었다. 당시에는 깨닫지 못했지만, 지나고 보니 느끼게 된 더 이상한 점이 있었다. 분명 등산로를 오가면서 많은 등산객을 지나쳤는데도 까마귀를 만났던 그 순간만큼은 주변에 사람이 한 명도 보이지 않았다는 것이다.

그러던 중에 까마귀도 나를 발견했는지 멈칫했다. 둘 다 그 렇게 멈춰 선 채로 정적에 휩싸였다. 묘한 긴장감이 흐르는 것도 잠시, 까마귀가 먼저 발걸음을 떼어 좀 더 내 쪽으로, 물론 어느 정도 거리를 두고 다가와 말을 걸어왔다.

"이 길을 지나가실 건가요?"

당연한 질문이었지만 꽤 정중한 태도에 나도 곱게 답했다.

"네, 내려가던 중이었어요."

그리고 다시 정적. 까마귀는 뭔가 난감해하는 것 같았다. 표정도 없고 큰 몸짓도 없었지만, 왠지 발을 동동 구르는 것처럼 느껴졌다.

'날아가면 되지 않나? 날개를 다쳤나?'

다친 것처럼 보이진 않았으나 날아가는 것은 선택지에 없는 모양이었다. 반드시 길 걸어 올라가야만 하는 특별한 이유라도 있는 걸까. 뭔가 내가 대안을 제시해야 할 것만 같았다. 사실 대안이랄 것도 없었지만.

"우리가 엇갈려 지나가도 충분히 갈 수 있을 거예요."

내가 말했다. 당연하지 않나. 두 사람이 겨우 다닐 정도로 좁은 길이지만, 사람 하나와 까마귀 하나 정도라면 충분히 지나갈 수 있을 것이다. 그러나 돌아온 그의 대답은 이랬다.

"사람은 믿을 수가 없어서요."

"아, 그래. 그렇구나."

야생 까마귀 측면에서 보면 당연한 일이었다.

'반려동물조차 낯선 사람은 경계하는데 당연하겠지.'

정중한 태도에 솔직한 화법이 마음에 들면서도 왠지 모르게 서운한 생각이 들었다.

'나는 정말 아무 의도도 없는데 왜 나를 못 믿는 거야? 내가 널 어떻게 한대?'

내 마음을 읽기라도 한 듯 이번엔 까마귀가 제안을 했다.

"이렇게 하죠. 내가 먼저 지나갈게요. 그동안 당신은 가만히 서 있기만 하면 돼요. 당신은 그리 나쁜 사람 같아 보이진 않으니까 한번 믿어볼게요."

믿어보겠다는데 거절할 필요가 있을까.

"그래요."

나는 길 한쪽으로 조금 물러났다. 그러자 까마귀가 조심스럽게 걸음을 내딛기 시작했다. 내게 가까워질수록 그의 불안한 마음처럼 걸음도 점점 빨라지더니 통통 튀듯 올라오고 있었다. 나와의 거리 3미터. 갑자기 까마귀가 날개를 펴더니 푸드덕 날아올라 등산로 옆에 설치된 안전 밧줄로 내려앉았다. 역시 날개는 멀쩡했다. 그러고는 여차하면 언제라도 날아가겠다는 듯 내게 시선을 고정하고 등을 보인 채, 밧줄을 타고 옆걸음을 걷기 시작했다. 좁은 길이나마 어떻게든 거리를 유지하겠다는 강력한 의지를 느낄 수 있었다.

문제는 나였다. 아까 같은 서운한 기분은 온데간데없어졌다. 한 걸음 내디디면 닿을 듯한 거리에서 본 순간부터 나는 이미 그 모습에 홀려 눈을 뗄 수가 없었다. 멀리서 봤을 때는 색깔만 검은 까마귀 같았는데 전혀 아니었다.

강철처럼 단단하게 휘어진 부리, 깊이를 알 수 없는 검은 눈 그리고 살짝 내려앉기만 해도 살이 푹 파일 것만 같은 크고 날카로운 발톱. 가장 매력적인 것은 태양광의 총천연색을 모두 반사해 오색으로 반짝거리는 검은 깃털이었다. 생각보다 덩치가 커서 그런지 매와 같은 맹금류에 버금갔다. 아니, 그냥 '동물' 같았다. 굳이 비유하자면 흑표범? 미끈하다는 이야기다. 예전부터 야생동물을 길들이는 것에 대한 로망이 있긴 했다. 그런데 이런 상황이 되자 문득 내 안에서 이상한 감정이 스멀스멀 피어올랐다.

'더 가까이서 보고 싶어. 아니, 보는 것만으로는 만족할 수 없어. 쓰다듬어보고 싶다. 만질 수 있을까? 어떻게 하면 만질 수 있지?'

욕심이 나를 잠식하는 사이, 까마귀는 이미 나를 지나쳐서 다시 등산로로 내려섰다. 그러고는 몸을 돌려내게 말했다.

"아주 약간은…… 사람을 믿을 수도 있을 것 같네요."

"아니야, 믿지 마. 네가 옳았어. 사람 따위 함부로 믿는 거 아니야."

　내 속을 알 리 없는 까마귀는 다시 몸을 돌려 주변 풍경을 감상하듯 느릿느릿 그 길을 걸어 올라갔다. 여기서 나도 그대로 가던 길을 가면 좋았으련만, 그가 날아가버리지 않을 정도의 거리를 둔 채 까마귀의 뒤를 따르기 시작했다. 어떻게 하려는 의도가 아니라, 뭔가 친해지고 싶었달까. 이미 홀렸기 때문이랄까. 길들일 수 없는 동물을 길들였을 때의 쾌감 같은 것을 상상하며 나도 모르게 뒤따르고 있었다. 물론 몰래 따라간 건 아니었다. 내가 몰라 라고 해봤자 동물의 감각을 피할 수는 없겠지. 오히려 궁금한 것들을 물으며 대화를 시도했다.

　"저기요, 근데 왜 날지 않고 이렇게 천천히 걸어가는 거예요. 이유가 있나요?"

　잠시의 침묵 뒤에 까마귀가 입을 열었다.

　"가까이서 천천히 봐야 보이는 것들이 있으니까요."

　우아. 현자의 대답이었다. 이때부터 그를 '까마귀 현자'라고 부르기로 했다.

　"그냥 산책인가요? 아니면 목적지가 있나요?"

　"가는 데가 있어요. 그런데 왜 따라오나요?"

　말문이 막혔다. 뭐라고 대답하면 좋을까. 마치 이성을 꼬이려고 쫓아가는 사람이 된 기분이었다. 정작 이성한테는 한 번도 이렇게 해보지 않아서 기분이 묘했다.

우물쭈물하고 있자니 까마귀 현자가 다시 말했다.

"따라오지 않는 게 좋을 거예요."

그 말을 끝으로 까마귀 현자는 등산로를 벗어나 길이 없는 숲으로 들어가기 시작했다. 예상외의 경로에 약간 당황했지만, 비교적 나무가 많지 않은 평지여서 포기하지 않고 따라가 봤다.

얼마 가지 않아 산속에 이런 데가 있나 싶은 평지가 나타났다. 그리고 그곳에는 수많은 까마귀가 새까맣게 모여 있었다. 안타깝게도 현자가 그 까마귀 떼를 향해 걸어가는 것 아닌가. 100마리도 더 될 듯한 까마귀 떼를 보니 그제야 정신이 들면서 조금 무서워졌다. 역시 쪽 수에는 장사 없다.

더 이상 가까이 가면 안 될 것 같아 멈춰서 보는데, 재판 중이었던 모양이다. 1마리의 까마귀를 놓고 수백이 빙 둘러서서 뭔가 다그치고 있었다.

"저 자식이 내 둥지에 들어가 있었어! 남의 둥지에 틀어 앉아 뭐 했냐?"

"잘못 들어간 거예요. 알 낳을 때도 아닌데 뭐, 어때요."

"이런 건방진! 네가 뻐꾸기냐?"

"이놈은 까마귀의 수치다!"

"수치다!"

"수치다!"

주거침입. 내가 들어도 중한 범죄다. 어느새 나는 구경꾼 모드가 되어 있었다. 현자가 다가가자 까마귀 떼가 길을 터주었다(우리 현자가 저기서도 한 가닥 하나 보다, 역시). 그리고 불행하게도 그 덕에 내 위치가 탄로 나고 말았다.

"저기! 인간이다아아악!"

범죄자 까마귀가 나를 가리키며 소리쳤다. 그러자 모두의 시선이 나를 향해 쏠렸다.

'하, 저게 물타기를 하네?'

"인간!"

"인간!"

"인간!"

"인간!"

"인간!"

물타기는 성공이었다. 재판이 순식간에 중단되고, 수백 마리의 까마귀 떼가 메아리처럼 외치며 나를 향해 날아오는 것 아닌가.

'안 돼, 오지 마!'

급작스러운 공포에 도망도 가지 못하고 본능적으로 머리를 보호하며 몸을 숙이는데, 뒤에서 현자의 외침이 들렸다.

"그만! 저 인간은 내 손님이야."

그러자 까마귀들이 날아오던 것을 멈추고 땅에 내려앉았

다. 놀라운 광경이었다.

'현자님, 그렇게 말해줘서 고마워요.'

마음속으로 감사 인사를 날리고 있는데, 이번에는 까마귀들이 내려앉은 상태에서 내 쪽으로 몰려왔다.

'오지 마. 부담스럽다!'

"인간이 감히! 여기가 어디라고 오는 거냐!"

묻지도 따지지도 않고 무조건 배척하는 노인 까마귀부터.

"혼자입니까? 여긴 왜 왔어요?"

경계심 가득한 어른 까마귀는 물론.

"우아! 가까이서 처음 봐!"

호기심 가득한 어린 까마귀까지.

똑같이 생긴 까마귀들이 새까맣게 모여 나를 쳐다보고 있으니 귀엽기도 했지만 한편으론 무섭고, 공포스러웠다. 그 와중에 우리 현자의 자태를 따라갈 까마귀는 없어 보이는 건 내 콩깍지 때문인가. 하지만 이런 여유를 부릴 때가 아니었다. 불똥이 현자에게로 튀었다.

"너는 어째서 인간을 이곳으로 불러들인 것이냐!"

노인 까마귀가 현자를 다그쳤다.

"나쁜 사람은 아닌 것 같았습니다."

"그걸 네가 어찌 알아? 무리의 우두머리라는 놈이 이렇게 물러터져서야!"

'오, 현자가 우두머리였구나.'

그때 한쪽에서 젊은 까마귀 하나가 노인의 말에 능청스럽게 맞장구쳤다.

"그러게 말입니다. 이자는 무리를 위험에 빠뜨릴 겁니다. 우두머리 자격이 없어요!"

이 말에 갑자기 동조하는 세력과 반대하는 세력이 갈리기 시작했다.

"맞아요! 다른 이를 뽑읍시다."

"어차피 우리는 우두머리 중심으로 움직이지도 않는데 무슨 상관이요?"

"멍청한 이가 우두머리가 되는 것보단 지금이 낫다!"

'와, 여기도 인간 세상이랑 똑같네.'

소름 돋는 싱크로율에 나는 이만 떠날 때가 되었음을 느꼈다. 아니, 이곳을 벗어나고 싶었다.

'그렇지만 우리 현자를 곤경에 빠뜨린 상태로 그냥 갈 수는 없지. 얘들아, 물타기는 인간 전문이란다.'

나는 재빨리 가방에서 다이어트 간식거리인 뻥튀기를 꺼내 봉지에 있던 전부를 공중에 흩뿌렸다. 뻥튀기 비가 내렸다.

"먹을 거다!"

"먹을 거!"

순식간에 까마귀 떼가 모조리 뻥튀기 쪽으로 날아갔다. 그때를 놓치지 않고 나는 왔던 길을 향해 힘껏 내달렸다. 혹시라도 쫓아올까 필사적으로 달리는데, 왔던 길이 맞나 헷갈리기 시작했다.

'왜 다 똑같아 보이지? 여기서 길을 잃으면 진짜 조난인데.'

그때였다. 내 머리 위로 까마귀 한 마리가 날아와 빙글빙글 돌더니 내게 말했다.

"따라와요."

현자였다. 뺑튀기도 마다하고 나를 도우러 오다니. 감동과 안도의 눈물이 핑 돌았다. 놓칠세라 열심히 쫓아가니 어느새 등산로 앞이었다.

"고마워요! 그리고 나 때문에 곤경에 빠진 것 같아 미안해요. 사과드려요."

현자가 안전 밧줄에 내려앉았다.

"괜찮아요. 먹을 걸 주고 갔으니 당신은 좋은 사람으로 남을 거예요."

왠지 현자가 웃는 것 같았다. 웃을 때 떠나기로 했다.

"이제 그만 가볼게요……. 언젠가 또 볼 수 있기를 바라요."

아쉬운 마음에 형식적인 인사를 덧붙였다. 그러자 현자가 답했다.

"기억하고 있을게요."

'우아, 나를 기억하겠대.'

우리가 어느새 어린 왕자와 여우 사이가 된 모양이었다. 더 있고 싶지만 해가 지기 전에 내려가야 했다. 언제 다시 볼 수 있으려나. 나는 천천히 아쉬운 발걸음을 뗐고, 그렇게 현자는 내가 등산로에서 사라질 때까지 그곳에 서서 나를 바라보았다. 여기서 훈훈하게 해피엔딩으로 끝나면 좋았으련만.

불행하게도 현자뿐 아니라 다른 까마귀들까지 나를 기억했던 모양인지, 제주에 있는 내내 까마귀들이 새까맣게 나를 따라다녔다. 할 수 없이 서둘러 내가 사는 곳으로 돌아왔다. 하지만 어떻게 된 일인지 몰라도 그 후 내가 다니는 곳 주변에는 어디서 나타나는지 까마귀들이 모여들곤 한다. 그러나 불행히도 그중에 현자는 없었고, 한 번도 현자를 다시 보지 못했다. 현자는 어떻게 됐을까? 대체 나는 저 까마귀들에게 어떤 존재이기에 계속 따라다니는 걸까? 저들은 나를 공격하려는 걸까, 따르는 걸까? 어떤 까마귀도 내게 말해주지 않아 알 길이 없다. 그 꿈같았던 짧은 순간 이후로 나는 그렇게 까마귀를 몰고 다니는 사람이 되었다.

작가의 말

　판타지는 재미있는 수많은 장르 중에서도 특히나 저를 매료시키는 장르입니다. 현실 세계를 살다 보니, 성인으로 꽤 살아온 저에게 판타지란 잠시나마 현실 도피를 용인해주는 합법적인(?) 도피처였지요. 그런 제가 온전히 저의 주제와 상상을 가지고 미스터리 판타지 소설을 직접 써낼 수 있는 기회가 너무나 기쁘면서도 괴로웠습니다. 사실 저는 영감이 풍성한 작가는 아닌지라, 20편을 하나하나 쌓아가기까지 매 편 다른 소재와 새로운 주제를 찾아내는 것이 쉽지만은 않은 일이었습니다. ('창작의 고통'이란 말이 괜한 말이 아닌 것 같습니다.) 그렇지만 모두 저의 생활 속에서 얻은 영감이나 사소한 궁금증에서 시작한 이야기들입니다.

예를 들어 「자동차가 깨어났다」는 십육년간 저와 젊음을 함께했던 오래된 자동차를 팔게 되면서, 그 이별의 순간에 '이 녀석이 말을 할 수 있다면 내게 어떤 말을 할까?' 하는 생각에서 출발했습니다. 그러다 '인지력을 가진 차가 살인사건에 이용된다면 어떻게 될까?' 하는 생각으로까지 발전하게 된 이야기입니다. 말하는 차를 갖고 싶은 저의 바람도 살짝 담겨 있습니다.

마지막 「까마귀와의 조우」는 제가 작가라는 직업을 처음으로 꿈꿔보기 시작할 무렵에 무턱대고 처음으로 써본 단편소설입니다. 실제로 한라산에서 내려오다가 등산로를 걸어오는 까마귀를 마주치고 아주 가까이에서 서로 교차하며 지나간 상황을 모티브로 해서 쓴 소설입니다. 물론 이번에 많이 수정하고 덧붙였지만, 인생 처음으로 쓴 소설을 이렇게 책에 수록할 수 있게 되어 감개무량합니다.

미스터리 판타지를 기반으로 하는 이번 소설집에는 SF요소도 살짝 들어 있습니다. 그렇지만 SF로 분류하기에는 턱없이 초라한 지식을 갖고 있기에, 오로지 저의 상상에서 비롯된 SF 느낌이 한 스푼 들어간 걸로 봐주시면 좋겠습니다. 매운맛을 원하는 독자셨다면 어쩌면 실망하셨을지도 모르겠습니다. 그렇지만 단순한 매운맛보다는 조금이나마 여운을 남길 수 있으면 좋겠다는 작은 바람에서, 인간이 지닌 이상함과 더불어 혼자 힘으로 바꿀 수 없는 우리의 다양한 현실을 거울삼아 비추고 변형하고자 노력했습니다.

끝으로 이 책이 나올 수 있도록 도움을 주신 분들께 감사드리고 싶습니다. 언제나 저를 믿어주시고 귀한 기회를 주신 음수현 부장님과 정은영 대표님, 이 책이 세상에 나올 수 있기까지 수고해주신 네오북스의 모든 분들께 감사의 말씀을 드립니다. 제가 머리를 쥐어짜고 있을 때 재미있는 소재나 아이디어를 제공해준 저의 지인들에게도 감사의 말씀을 드립니다. 여러분 덕에 이 책이 무사히 완성될 수 있었습니다. 또 언제나 저의 뒤에서 저를 믿고 물심양면 도와주시는 저의 부모님과 동생, 우리 가족이 있기에 제가 버틸 수 있는 것 같습니다. 마지막으로 이 책을 발굴하여 읽어주시는 독자 여러분께 무한한 감사를 드립니다.

이정화

© 이정화, 2025

초판 1쇄 인쇄일 2025년 4월 17일
초판 1쇄 발행일 2025년 4월 24일

지은이   이정화
펴낸이   정은영
편집   음수현 정사라 김지수 김명선
디자인   박정은
마케팅   최금순 이언영 연병선 송의정
제작   홍동근

펴낸곳   네오북스
출판등록   2013년 4월 19일 제2013-000123호
주소   04047 서울시 마포구 양화로6길 49
전화   편집부 (02)324-2347, 경영지원부 (02)325-6047
팩스   편집부 (02)324-2348, 경영지원부 (02)2648-1311
이메일   neofiction@jamobook.com

ISBN 979-11-5740-460-5 (03810)